主编 凌翔

当代著名作家美文自选集

向一棵树倾诉

许艳文 著

地震出版社

图书在版编目（CIP）数据

向一棵树倾诉/许艳文著. —北京：地震出版社，2019.11
（当代著名作家美文自选集/凌翔主编）
ISBN 978-7-5028-5087-6

I.①向… II.①许… III.①散文集－中国－当代
IV.①I267

中国版本图书馆CIP数据核字（2019）第190348号

地震版 XM4463/I(5805)

向一棵树倾诉

许艳文 著

责任编辑：范静泊

责任校对：凌 樱

出版发行 　地 震 出 版 社

　　　　　北京市海淀区民族大学南路 9 号　　　　邮编：100081

　　　　　发行部：68423031　68467993　　　　传真：88421706

　　　　　门市部：68467991　　　　　　　　　传真：68467991

　　　　　总编室：68462709　68423029　　　　传真：68455221

　　　　　市场图书事业部：68721982

　　　　　E-mail: seis@mailbox.rol.cn.net

　　　　　http://seismologicalpress.com

经销：全国各地新华书店

印刷：北京楠萍印刷有限公司

版（印）次：2019年11月第一版　　　2019年11月第一次印刷

开本：710×1000　1/16

字数：174千字

印张：13

书号：ISBN 978-7-5028-5087-6

定价：49.80元

程序化生活的抵抗（序一）

　　我几年前看电影《黑客帝国》，最强烈的心理感受是恐惧。那部电影里，人不过是巨大的电脑网络系统放牧的动物。你被赤裸裸放在一个盛满营养液的器皿里，身上插满各种插头。你以为你在工作，在恋爱，在奔跑，在生儿育女，其实你不过是接受了电脑系统输送给你的感官刺激信号，你存在的唯一意义是用肉体作为电池，维持那个巨大的电脑网络运行。

　　也许是我的误读，我总觉得那个电影是对人类现代生活的一个寓言。有时忙碌了一天，不知不觉已到深夜，洗洗漱漱后躺在床上，下意识把一天的生活在脑子里回放一遍，常常免不了惊出一身冷汗。这一天里，我行走，说话，微笑，像模像样，做了一件堪称完美的工作，可是，我能确认所有的这些，都不是早已设定好的程序吗？我的每个眼神，每句话，难道不是按照社会这个巨大的系统的需要输出去的吗？我遇见了多年前的老友，我们曾是无话不谈的兄弟。我们一见面就搂肩拍背，在酒楼里推杯换盏喝得满脸通红，分手时依依不舍热泪盈眶。背过身一想，我们真的对彼此敞开了自己真

01

实的内心吗？甚至，我自己省视我的内心吗？熙熙攘攘的人群里，我们真正遇见过谁？万籁寂静的夜晚，我们是否也偶尔遇见自己？

我们被程序化了。我们只需对生活做出需要我们做的反应就行。我们不关心春夏秋冬，只知道打开和关上空调。我们无所谓河流污染，只要超市里还有标着天然山泉商标的矿泉水卖。我们热热闹闹，匆匆忙忙，不过是走着每天都要运行的程序。我们很正常，我们不是病毒，我们不会被删除。

许艳文的散文随笔集是对这种生活做出的抵抗。无论是她对四季的感悟，对山水的流连，对人事的喟叹，对生活本真意义的追问和思考，都是一个寂寞而执着的抵抗者形象。她唯恐自己也被看似正常的生活所催眠，努力睁大眼睛，保持着意识的清醒和心灵的敏感。春花秋月，雨夕风晨，她都在看，在听，在触摸，在感受。她不矫情，不故作姿态，不是茶余饭饱之后的无聊消遣，也不求语惊四座一鸣惊人，而是不避平实，不嫌琐细，老老实实翻捡着自己的生活，在自己绿色篱笆园地里认真耕作，多年时间下来，收获着朴素真实而又晶莹剔透的果实。

我很喜欢读许艳文回忆人事的那些散文。她的笔下有对亲友的追念，有对名人的素描，也有对偶尔出现在她生活中的小人物命运的关切和深情。她这一类的散文大多以事记人，笔法清丽简约，有时仅寥寥数语，浅淡的几笔，人物的性格心境便跃然而出。她有篇散文记同事阿段的妻子，写阿段妻子身患绝症住院，凄冷的雨天，一只黑白羽毛的小鸟飞上窗台复又飞走，阿段妻子转瞬间的欣喜和失落，写得很是传神且意味深长，颇有几分小说神韵。

王跃文

——当代著名作家，湖南省作家协会主席，鲁迅文学奖获得者

文学是个梦想（序二）

　　艳文是个才女。她做学术、写评论，取得过许多成果；做演讲，弄得风生水起；写长篇，也出手不凡。近年常读到她的散文和诗作，字里行间充盈着的艺术灵气，总能给人以新的惊喜。因为有过一段师生之缘，艳文的作品我十分关注，每每见到，我都会认真读一读。特别是她的散文，如同她温婉、细腻的性格一样，不仅写出了日常生活的滋味，也写出了个性生命的情怀。我想，这些落笔成文、感悟独到的篇什，不是仅仅用"勤勉"二字就能解释的，而是勤勉、才情和诗性睿智的结晶。这本散文集正是艳文文学天分的一个表征。

　　文学是一种梦想。从许艳文这些年的创作走向来看，她是一个有梦想有激情的作家，一个能在俗世生活中发现诗意的观察者。海德格尔在她的哲学体系中，曾提及关于人类生存的重要命题，认为人要诗意地在大地栖居。对于芸芸众生，能做到这一点谈何容易。艳文似乎企望于平实的生活中寻找或营造出浪漫与诗意来。她以一种人文情怀与亲和叙述，为自己建构了一片丰盈而繁茂的文学绿地，标示自己在文学追求与精神向度上业已抵达一定的精神境界。总体来看，艳文的散文作品散发出一种纤细的怅惘和臻于化境的美，其明亮的光线和欲说还休的蕴藉，往往给人留下深刻的印象。

应该说，艳文是勤勉努力的，最近几年时间，以研究中国戏曲为主的她逐渐从做课题、查资料、写论文的书斋里走出来，进入到鲜活的现实生活，细致观察，勤于思考，以文学的方式与这个世界对话，先后出版了中篇小说集《女人三城》、长篇小说《西风吟》、散文集《子夜独语》《沉在湖底的天堂》《记忆房间》《永恒在刹那间收藏》、诗歌集《站在原地》。许艳文的新散文集《向一颗树倾诉》即将付梓，我在读过她十几万字的书稿之后，感觉这本散文集突破了她原来的写作路径，不再囿于即景随感式的写作，更注重既书写个人命运的起伏，又反映时代风云的嬗变；既热衷故乡旧院的精微描写，又乐于域外游历的现场记录。这种写作涉及到了人生、自然和社会的方方面面。

这本散文集中的相当篇目在追溯人生踪迹，有个人记忆，也有集体记忆。或为生活记录，或为人生体悟，或为远足感触，或为书斋凝想。举凡感悟自然风物、书写日常生活、喟叹世风人情、体察友谊情感、追忆沧桑历史、游览西方异域、宣传中华文化等等，均为信笔而来，自然而成。有初涉人世的童心童趣，又有成长过程的艰难坎坷；有对至爱亲朋的眷顾怀念，又有游览异国他乡的瞬间心得；有对现实生活的真切感受，又有徜徉于书卷中的点滴感悟。通过最原始最纯粹的行踪记录，"老照片"般真切反映了时代风貌与社会生活在作者内心的投影，表现出作者在漫长岁月里始终自我观照、自我剖析、自我砥砺、向上向善的情怀，透射出浓浓的人文关怀与深厚的文化底蕴。

作为一名学者型作家，艳文试图用开阔的视野、唯美的文字、细腻的笔法写出内心真实的感受、困惑、求知与探索，力求以本真的情感与情怀，将读者带进邈远而悠长的生活情境之中，一起思考人生的意义与价值，从而启迪对未来充满期待与向往的信心。

从本书系各辑看来，许艳文的散文集《向一棵树倾诉》线索分明、指向清晰，作家的生命关怀倾注到阔大的自然世界与历史空间，可谓以文立心，以文立意，以文寄情，以文抒怀。我对这本书的出版有着深深的期待，更期待今后能欣赏到艳文更多更精彩的作品。

欧阳友权

——中南大学教授，博导，

湖南省作家协会名誉主席，湖南省作家研究中心主任，

著名评论家，鲁迅文学者获得者，曾任两届茅盾文学奖评委

目 录

第一辑　春韵秋词

花开的声音

年前年后，许多天里都喜欢窝在家里足不出户，肆意放纵着自己的慵懒。今天终于到了上班第一天，带了点假期的倦怠和新年的余兴出门。天正下着牛毛细雨，我提着伞却又不想撑开，一任这雨静静地拂面而来，倒有种分外清爽的感觉。

在经过我居住的院子时，蓦然抬头，看见一株株间隔几步远的茶树上已开出了花儿，有大红的，有粉红的，还有浅白色的，经过昨晚一场新雨的滋润，越发显得色彩明丽，妩媚喜人了。我从来是个爱花的女子，当然，爱花应是女性共有的特点吧？花开的季节，带给我们很多欣慰和遐想；花朵的绽放，能在你心的锦帛上织就一份赏心悦目的美丽。我奇怪一直被我漠视的这个区间，怎么茶花盛开之后一切都那样惹眼了呢？就连那些寻常不过的树也变得生动了许多。此时的我滋生着一种急切的渴望，到底渴望什么呢？一时连自己也说不清楚。

我怀着孩子般的童心在那些茶花树前流连。雨，越下越大，树叶发出沙沙的声音，柔弱的花瓣微微颤动，我的心不觉为之揪动着，似乎这雨点滴在我心上，慢慢淤积起来，逐渐荡开一池心事。

忧伤就这样不期而至，始料未及在心里结霜。设想谁的心里没有忧伤？人往往都是很容易酿造忧伤的，莫非我今天的忧伤始于这色彩斑斓的茶花吗？想起几年前蔡明在春晚节目中幽默而夸张的台词："为什么呢？"春天的景色，你何以无端得像个魔法师，喜欢把人的心思变来变去搅得人少有安宁呢？

在花的世界里，也许生命中一切的不完美以及生活中本身的不完美会得到某种程度的弥补和充实，置身其间，你往往会因为它们的存在而产生某种符合情理的联想。雨，还在淅淅沥沥地下着，我的心不免为那些漂亮的茶花担心起来，我担心它们懦弱，经不住风雨的摧残，风雨中需要多大的隐忍和坚强啊，难道任由风把花瓣吹散一地吗？风吹散的仿佛不是花瓣，而是我心里一直积郁的忧伤。

很长一段时间来，我已习惯怀一腔愁思然后在合适的时候慢慢消化。眼前的景，让我耳边响起一句旧歌词：时光匆匆又一年，时光匆匆一年一年又一年。太阳还是那个太阳，月亮还是那个月亮，花儿如常开放，春天适时到来，然很多情况下物是人非了，也许，人的风景今年与去年一比大不相同，你或许变得比去年更成熟更富有，你或许变得比去年更消沉更衰老……我们能够捉住岁月的双手吗？我们能够留住岁月的身影吗？慢点、且慢点，时光老人，你可否让我们走得更从容一些？

此刻，思绪如野草般疯长，止水般的心湖荡起层层涟漪。冥坐窗口，往外看去，天，低沉得有点压抑，雨，还在淅淅沥沥，灰白色的云淡化着整个天际，远处的山峰隐匿得只看见点浅淡的轮廓。在这样相对宁静的时刻，我时而沉吟，时而遐思，最后竟大笑起来，自我感觉是那样爽朗，似乎很久都没这般开怀地笑过了。我听到空中有我的回声，好像不只是我一个人在笑，有很多种声音在应和着我，也许，是和煦的春风带来了欢乐的气息？还带来了更多的热情？早开的花在唱它未完的歌曲，那么，我的心也在它欢悦的声音中开始融化了。

很久没说话了，想说点什么却是欲说还休。在这样一个花开的季节，在这样一个惹人情怀的季节，我究竟想说点什么呢？

樱花之约

春分将临，一场雨，接一场雨，一个约会，赶一个约会。虽然，寒冷过蜡梅的寒冷，虽已落荒而逃，却是乍暖还寒。从清晨开始，但见轻烟薄云，雨丝风片，湿漉漉的早春气象。

前几日，朋友们邀约前往省植物园赏樱花，说好风雨无阻。我如约于十点前来到北门，刚跳下车就看到几个熟悉的身影。在微风清寒中，感觉他们衣着单薄，不停地搓手跺脚，想温暖一下自己。正在相互的问候中时，前一个后一个，所有相约好的先后而至，正好是十八位！有的好多年里未曾见到，大家亲热得不行，或拥抱，或拉手，恨不得将所有的话儿全都说完。

大家一边走一边聊，慢慢进到植物园里面。迎面是一块书有"名花广场"的大石头，所有人紧紧靠拢，合影留念。之后，三三两两步入开阔的花圃。正值郁金香开得最为热烈，大红的、粉红的、淡黄的、浅紫的，应有尽有。姐妹们兴奋不已，花前花后摆出各种POSE拍照，悄无声息中，一张张欢乐的容颜与花朵相映成景了。我也受不住这姹紫嫣红的诱惑，咔嚓咔嚓，像饮酒一般，上了口，欲罢不能。有一刻，我蹲下身子，伸手轻轻扶起一朵。看着这一群爱花惜花的女子，难怪有人叹道："日舒风和，繁花竞芳，花海如潮，人艳胜花。"

从花圃一旁的斜坡走下去一段，便到了植物园重地——樱花区。一湖碧水，清冽澄净；几枝桃花，娇艳欲滴。这些仅是寻常之景，随处可见。最难得的是一树又一树的樱花，粉色的、白色的，清雅安静地绽放在枝头。那样浅淡而从容的姿态，最是让人心醉神迷，许是与我内心的诗意栖居融合在一起了吧？

记得有一年来这儿时，正逢风起，花瓣纷纷飘落，白雪般铺满路面，比之一番，今日似乎又少了些韵致。

在众人都向着热闹处去时，浩然却独倚一棵枯树，不笑，不语，不嗔，不怨，淡定的模样，让人顿生怜爱。有人催她继续往前，她却一动不动，嘴角微微下撇，说："帮我拍张照吧，我就喜欢这个。"听她这一句，不觉心里一动，有些隐隐作痛，忽记起自己的诗歌《一场暴雨》里有这么几句：

> 我多次想象
> 有一天，会成为路旁那棵枯树
> 但不是现在，至少不是今夜

细细咀嚼一下，谁说不是呢？春去春来，花开花落，花季短暂，天亦无情。谁知道明天的风雨会否继续？不如好好珍惜当下每一天。就是哪一天真变成枯树，想必也有其独特的风姿与魅力吧？

行至一开阔地时，正好有几条长椅，走累了的便在此小歇。摄影技艺高超的"姚大师"正襟危坐在椅子中间，几位美女姐妹拥在他身前身后，一个个眉眼俏丽，笑意粲然。我看着"姚大师"那严肃样儿，颇有几分滑稽，情不自禁叫了他一声："别搞得像个爷咯！"所有人哈哈大笑，笑得前仰后翻。

正巧，湖边一对新人身着婚服，在樱花树下不停地换着位置与姿态拍照。我们一行中的几位见此处风景别致，花繁枝茂，水清影晰，竟从中"插一杠子"，来了个带喜色的"搅局"——在新郎新娘身边嘻嘻哈哈地留影。

我安静地站着，看着大家兴致勃勃地拍照。一旁的求德关切地问："你是不是累了？好像兴奋不起来？你看她们几个好活跃！"我不好意思地笑笑："午睡惯了，有点犯困，今天我也很兴奋呢！"对于喜欢安静的我来说，这次算是相当不错了。

不一会儿，大家来到斜坡的阶梯，拾级而上。众美女抬眼看樱花树搭成的通道，再一次点燃激情，披上五颜六色的丝巾，分几层，手拉手，做飞翔状，尽展姿容。几位帅哥见状，也来了兴趣，凑过来站在最后一排，与我们一起鸟儿般快乐起飞。在春天的气息中，一种源于内心的喜悦与自得，似乎让人忘了年龄，忘了身份，忘了烦忧，忘了世间的一切。

窗前那一抹新绿

五月的第一天，清风拂面，万里无云，实乃一个外出踏青和旅游的好日子。可我竟待在家里不想出门，总觉得有很多平日里没来得及做的事情可以趁这个机会好好清理一下，就这样东一下西一下瞎折腾了好一会儿。

间隙的时候，我揉揉疲倦的眼睛，长长呵欠了一声，习惯地走到我的窗户边，舒展着我的视线极目远眺，广袤的天空明洁而亮丽，时而掠过一队雁阵，让你的思绪与之一起翱翔于蓝天；层层叠叠、鳞次栉比的楼房被昨日的雨洗涮过，显得素净而安详。窗前一排高大的乔木，枝干坚挺耸立，枝叶跃跃欲飞，新雨后，绿色惹眼，葱翠欲滴。一群又一群鸟儿，带着风的旋律一路飞来，等待啄食雨后的第一缕阳光。

这情景很容易让我回想到去年这个时候，我也是站在我的窗户前，看着斜雨飘飘而至，任由雨水洗涤心灵，曾经在幻觉中融进伞流中的人群，随着他们去寻找一方能够安歇自己的港湾。明明知道云霞装饰的还是那片云霞，天空撑起的还是那片天空，可我骨子里有种不服输的劲头，内心滋长着立于涛头搏击风浪的勇气。

人生之旅漫长而艰辛，谁又能够言尽自己的命运呢？在这样的暮春季节，很容易让人顿生倦意，也很容易让人意气消沉，犹如那飞倦了的小鸟，蜷缩于一隅半睁着眼睛看这世界流光溢彩却无动于衷。

然而，眼前的新绿是怎样地吸引我的眼球啊，我的心在这流动的绿意中躁动不安，想象我或许是那只飞倦了的小鸟，在绿色旋律中激活了许多日见衰竭的细胞，就像是给某一种游戏加了血，刹那间感到耳边吹过来一股清新而带有点野性的风，沉郁多日的情绪此时逐渐飞扬，不知道到底是从哪里来的一种力，推动着自己即刻想跳出窗外……

清新的风，浓郁的绿，你是那样庄重而圣洁，厚重而飞扬，让我不期然而然生出一种充实的感受，你正在慢慢渗透、陶冶，让我焦躁而忧郁的心灵得以洗涤，得以养息，最后归于安宁。

祈祷一如暮春的季风，就像是眼前的新绿，不可触摸，也不可把握，只可任由心灵的晴空悠悠然然地去感觉。在为自己祝福的同时，我又在傻傻地想，我能够活上八十年吗？真到了那天，我还能这样倚在我的窗前，默默注视眼前那抹新绿吗？我会怎么想？能否忆起今天的我曾怎样构想成为老太太的时候吗？也许一切归于平静，无所求，无所欲，没有烦恼，没有郁闷，唯愿每日安然度日便足矣，哪里会生出老"妇"聊发少年狂的书生意气？

又一阵清风吹过来，掠起我额前的一缕青丝，我将之从容地抹到耳后，眼光又继续停留在那一抹惹眼的新绿上，久久地凝视。

触摸暮春

　　暮春时节，天气有点神秘莫测，常常和你没商量地变着面孔，时而风雨，时而阳光，暧昧得让人无从捉摸。从昨天开始天突然冷下来了，丝毫没有了春天的暖意，阵阵凉风袭来，让脱了冬装的人们晕乎乎地全没有了状态。

　　人心也难揣测，有时甚至连自己都摸不清自己，一日喜风，一日喜雨，一日喜阳光，一日喜阴凉。忽有一日既不喜雨也不喜风更不喜阳光。索性拉上窗帘，蜷居斗室，捧上一杯清茶，翻几页令人喷饭的幽默，哪顾得上外面是风是雨是太阳啊！

　　风雨是人的情绪，阳光也是人的情绪，开心愉悦也罢，多愁善感也罢，都和天气一样，晴天有晴天的乐趣，雨天也有雨天的感悟，何必非得要晴，非得要雨呢？

　　人到中年，怎么竟有了一种油干灯尽、苍凉凄楚之感呢？那年读贾平凹的《废都》时，曾经很不理解他为什么要借笔下的人物爱好吹埙，在哀怨清冷的音乐中透出自己对人生的感悟？到了后来，终于渐渐明白起来，甚至极为欣赏，人生际遇的沉郁和感伤似乎在那样的埙声中被渲染得更为淋漓尽致了。人生啊，人生！张爱玲说过一句："人生是件华美的睡袍，里面长满虱子。"她是冷眼，看人看事独有角度，这句话给予意象一种艳丽颓废的美；贾平凹则认为人常常是尴尬的生存，这也是一种很贴切的诠释。

有时候恍若是个自我恋者，也许曾做了几件闪光的事情而过高地估计自己，有时候又觉得是个悲观主义者，无可希冀，无可寄托，热闹都是别人的，自己犹如守着一堆正消散着残烟的废墟。喧喧闹闹的世界，就我一人在品尝孤独？我真的不喜欢热闹？问题是表面的热闹虽能够给予我片刻安慰，但无时不让我感到周围的敷衍和世故，其实我宁可让人遗忘，也不愿意给人一种半死不活的感觉。"不要说，什么也不要说"都是哄人的，半真半假，半醉半醒，犹如一头遍体鳞伤的困兽，睁着疲乏的眼，冷眼，静观围观者的种种表现——莫非是一种颓废的心态？

暮色茫茫，冷风飕飕，前方还有什么路好走呢？我所努力前行的难道是一条走不通的死胡同吗？头昏脑涨，全身乏力，应该是感冒的症状吧？

本来借着身体有病很早就心安理得地躺下睡觉，渴望在温暖的梦乡得到一些虚幻的安慰，那样就可以暂且不必担心户外的寒冷和肃杀，一任心路天上人间随意漫游，也不必忧虑自己正在出演的人生好戏如何收场，反正世界上没有走不过去的路。谁知偏偏又在夜里突然醒来，翻来覆去地再难入睡，懵懵懂懂中记起了鲁迅的一句话："梦醒之后就觉得无路可走。"

谁能告诉我，明天还有路吗？明天的路到底该怎么样走？

沉默的秋日

入秋以来，持续头痛了若干时日，太阳穴绷紧得让人发晕，做什么事也没了情绪，好在国庆中秋黄金周有好几天假，想心安理得地休息几天。本来有亲友在这之前纷纷相约着去哪里哪里的，可我一概借着有病——婉拒，倒是这一来每天多了许多关切和问候，"及时看医生去""好好休息""别太累了""别想太多"云云。哪一条都可以做到，就是"别想太多"恐怕有点难——毕竟是人啊，是活着的人，是还能够思维的人，一息尚存，自然总有些需要去想的事情。看来国家放假只能够放了一个人身体的自由，胡思乱想是自己的事，心累有谁能知呢？

人很容易受天气的左右。连日晴空灿烂，秋高气爽，虽然蜗居在家不想出门，但终有一日受不住阳光的诱惑，邀上几个伙伴登了一回山。气候适宜，清风拂面，自是一种爽心惬意的感觉。我平时最怕爬高，记得一次爬黄山，不知道停歇了多少次？本来完全可以坐缆车上的，但抱定要好好锻炼下身体和考验下意志，硬着头皮咬着牙上，到达"光明顶"时累得说不出一句话了，但毕竟上了山，多少有了种志得意满的获胜心理，至少战胜了自我。现在的山不是很高，稍稍有点儿累，与黄山一比照仅仅是小巫了。气温渐渐高了，到得山顶已是大汗淋漓。有句一句比较时尚的话："请别人吃饭，不如请别人出汗。"心下细细揣摩这话到底有没有道理啊？

说也怪，头痛的症状吃药打针好几天都不见减轻，爬过山出了汗之后感觉轻松了好多，一些不快的事全抛到了脑后此时绝对不会想起。坐在一棵合抱粗的大银杏树下，听林中鸟儿不知疲倦地啼叫，一刹那间有了忘我的感觉，我是谁？我在哪里？身边的小溪似乎是从云天上流下来的，山那边的亭子里隐隐有些人影在活动，他们又是谁呢？幽居着的心魔此时已经逃遁，试想忘掉忧伤能够像忘掉快乐那样容易吗？

回到家中，头又开始痛了，我记起了朋友的话："别想太多！"难道真是我想多了吗？我哪里愿意去想啊，经常是不期然而然。在当下喧嚣的人群中，我们往往习惯仰望物质的天空，尽管都在寻找一方精神家园，可很多时候会感觉孤独和寂寞。有句老话："沉默是金，开口是银。"我也想学着沉默，沉默的时候不断地思考，这种思考也许是自觉的和理性的。可我又很快想到了鲁迅先生在《野草》题辞中的话："当我沉默着的时候，我觉得充实；我将开口，同时感到空虚。"一个夜里，我都在品味和咀嚼这句话的含义。

中秋之夜，皓月高悬，周遭充满了温馨与祥和。旧时月色，算几番照我？清寒缕缕，霓虹闪烁，忘却春风词笔。我躲开一切热闹，独倚窗前，继续我的心之旅，继续追寻我那个久远的梦……光阴荏苒，流年似水；百劫磨难，今生未卜。我该何往？也许，没有坦途，也许，布满荆棘，仰望天上的明月，能否请你带我走过迷蒙之境地，让我去观瞻一番那个神秘的梦乡……

当我把头轻轻转动起来时，头痛的症状开始减轻，脑子一下清晰起来，儿时的梦影，不知不觉浮上来了，我揉揉眼睛，分明看到月下有一个老人在向远方走去，那老人的背影我很熟悉，于是我有了一种冲动，很想大声地叫上他一声，可我感觉喉头有点紧张，竟然老半天说不出一句话来。还是寄希望于明天吧，明天，我将会看到怎样的景致呢?

雪来无声，雪去无痕

南方的天气在今年毕竟是南方，冬天走尽竟然无风无雨也无雪，虽然暖意融融，却少了许多意趣。无论是在家拥炉而坐，还是在外奔忙，一切都那么平淡，人也有些慵懒和倦怠了。

昨晚在电脑前一动不动耕耘我的"自留地"，企盼在春季能收获一方充满绿意的风景，丝毫也感觉不到寒意渐渐侵入，室内的气温骤然下降。直到入睡时抬手感到肩臂生痛，方知道寒气竟渗进我的骨髓，比冬天损人还要厉害。还好，总算在温柔梦乡中将寒冷抵挡在门外了。

在梦里，遇上了一些莫名其妙的事，看见了一些奇奇怪怪的人，那些人和事让我很有些烦心和讨厌，及至在梦中不断地叫着嚷着，是在试图抵触什么和抗争什么？等到终于拼命地大喊一声之后，恍然惊醒，睁眼一看，已是白昼了，天光从半合着的窗口射进来，有些异样的感觉。我翻身起床冲向窗口时，哇，好一片春雪美景！盖满了屋顶，挂满了树梢，铺平了道路，比冬天的雪来得更充分、更大气。从窗口往下看，一地厚积的雪被早起的人破坏得一片狼藉了。抬眼望天，漫天的鹅毛大雪正纷纷扬扬飘洒下来。

我喜爱有雪的天气。儿时听说广东等沿海地区终年无雪，那时我就在想，怎么样我也不会去广东等地的，一年到头见不到雪，该多乏味啊！前不久还鬼使神差去了广州半年，不过很快又回来了，保不定真是无雪的原因？

那年，我在南京学习，寒风嗖嗖的冬季，一位福建室友站在窗口，看着阴沉的天说："老天爷，快快下场雪吧！让我看看雪会是什么样子的。"我告诉她，看这天气没准会有雪。她立刻回过头来睁大眼睛问我："雪是什么样的？像白糖？像盐？还是像……"看她那渴盼和期待的模样，我真不知道该怎么回答她了。雪到底像什么呢？雪还是像雪吧。就在那一时刻，我为她感到无限的遗憾和惆怅。人的一生中，怎么能没有与雪交流的机会呢？殊不知与雪融合在一起，是一种多大的精神享受啊！

爱雪者，还有几人如我这般痴心？记得一个大雪纷飞的清晨，我睁眼一看，满世界银装素裹，分外妖娆，真是"忽如一夜春风来，千树万树梨花开"！我立即翻身下床，抓一顶绒帽戴上，一个人出门奔跑在雪地里，仰头任雪花飘在我的脸上，冰冷冰冷的，很快溶成了水慢慢地往下淌着，淌着……刹那间似乎心灵得到一次洗涤，平日里积累了很久的疲惫和忧郁，竟然在这样的漫天雪花里得到了释放和荡涤。有诗云："漫卷诗书喜若狂"，我当改成"漫卷雪花喜若狂"了！

这种浪漫情怀和淘气的举动一点都不逊于稚气的孩子。你也许会认为我确乎是一个不谙世事的孩子，我也乐意你这样去说，为什么就不可以做一个单纯的孩子呢？何况有人说得好：任何时候，我们应当有一百岁的境界，八十岁的胸怀，六十岁的智慧，四十岁的意志，二十岁的激情，二三岁的童心……

我爱这样下雪的日子，这样的日子神清气爽。下雪的时日子会忽然让你回忆起了许多往事，许多值得记忆和纪念的人和事此刻都会纷至沓来，应接不暇。我在一个大雪纷飞的时候兴奋不已地站在雪地里给我远方的朋友拨响了手机，欣喜地倾诉着我的思念之情，我想把被雪洗涤过的情怀和感想在雪光里悄悄地传递过去。

没有雪的日子，常常想去寻雪，寻一份美丽，寻一份诗意。春寒料峭，瑟缩发抖，心却在这样的一个日子格外地温暖和安详，而这份温暖和安详不是别人施与的，那又是谁带来的呢？

春雪出其不意说来就来。飘逸的诗意唤醒了我一度沉睡的梦想，洁白的旋律牵走了我纷乱的思绪，在雪的怀抱里，我整个身心都充溢着雪意，静静构想着忧郁而浪漫的独白。浸在雪地里，我已然忘却曾经的失落与创伤，我希望在这样一场雪涤之后，与往事干杯，复归为一个坚强而自信的自己；我也相信我渴望的音符能够在雪的琴弦上温柔欢快地雀跃，遐思中去漫游柳花红、草长鸳飞的世界。

雪来无声，雪去无痕。

冰街

今年这一场冰冻来得让人猝不及防，甚至有点像那年的 SARS 病毒一样给很多人带来了恐慌。若干年来不是都在议论全球现在变暖了吗？我们这里好些年都看不到雪了，对于一直喜欢雪的我来说不能不感到有些失落，总在对雪的一种渴望中拥抱着冬天的到来。

寒冷说来就来了。自从那个早上雪花造访之后，连续几天瓦楞里、树梢上、墙角边、水沟旁积雪一直尚未融化。你可以看到很多地方小堆小堆的积雪静静地蜷缩着，上了年纪的人说，雪还不融化是在等伴呢，看来还有大雪降临。

下雪有什么可怕呢？我在痴心地盼着大雪呢！记得在一个漫天大雪的日子里我独自一人出门，孩子般在雪地里奔跑，雪花飘在我的脸上和身上，我觉得一年的疲惫和失落都和着雪花一起融化掉了，在雪中难道不是一种最好的精神洗涤吗？然而，让我始料未及的是，今年的雪不像以前那样爽快地来爽快地去，而是躲躲闪闪不前不后地偷窥着人们的表情，然后，来了个极具杀伤力的行动：冰冻，冰冻，严重冰冻，连续冰冻……冻坏了电缆线，冻僵了变压器，全城停电，连续停电，生活于现代化社会的人们于寒冷中惊慌失措地满世界寻找温暖。

我们全家倾巢出动，照着有温暖的地方走，因为毕竟还有一些自己发电的行业，比如超市比如洗浴中心等等。平时没什么时间，我们逛了几圈超市疯狂地采购了很多物品后就去了洗浴中心，泡澡、洗头、保健按摩，到夜半才回到自己寒冷的家中。

我在这样少有的寒冷中倒是有种难得的兴奋，在冰凉的被子里瑟缩了一晚，眼睁睁地看到曙光透过窗户照进来，赶快哆嗦着爬起来，穿戴好自己，披一条暖色围巾，搓搓手，拉开门出去。

一眼看过去，地上是淡淡的白色，仿若一片薄薄的玻璃。很多年来都没看到过这样的情形。天上还在飘着细细的雨雪，按老人的话说是"GOU（冻）毛"，意味着还要继续下雪。街道两旁的樟树前些天还很有生气，现在叶子全都蔫得往下耷拉着，有的还窝了点冰在里面。很快我就走到大街上了，店铺开门的只有几家，寥寥落落几个行人，都在小心翼翼地一步一步慢慢行走。前面有个大男孩仰天一跤之后自个儿哈哈大笑。一辆车摇晃着开过来，慢得像头喘气的老牛。

我的红色围巾迎着寒风微微飘动，在一片雪白的世界中，是浮在空中的一点生气。尽管脚下打滑，我得时时留意，但我还是步履坚定地朝前走去。这条街很长，从北到南得走上好一阵子，正当我快速地扫描周围时，突然听到身后有人发出喊叫声，回头一看，一位白发苍苍的老太太摔倒在地，她坐着，一手提了个袋子，一手撑着地面试图起身，可半天也爬不起来，我正想奔过去扶她起来，却见她周围好几个人已急急跑到她身边，有位大姐很快搀起她来，好在老人还没摔伤，拍拍身上的雪花蹒跚着走了，大家一直关切地看着她远去的身影，似乎还在为她担着心呢。我心头一热，转身又继续走我的路。

奇怪平时特别怕冷的我，竟然可以在这样几十年一遇的寒冷天气里从容面对。在风雪中行走，有一种十分纯净的感觉，平日里所有的积郁和烦闷似乎都融化了。人的灵魂和心情是需要净化的，大雪就是最好的净化剂。况且我并不喜欢平淡和刻板的生活，也许变化了的生活节奏和异样的色彩更能够激发生命的活力。

不知不觉，我已走到这条街的尽头，时间还早，空空荡荡见不到几个人。风从衣领和袖口钻进我的身体，我拉拉围巾，看看灰暗的天空，伫立着一时选择不了去路。难道在寒冷面前我终归束手无策吗？我的勇气我的坚毅到哪里去了呢？

在这样质疑自己的时候，我已经慢慢回到家里，收音机里的天气预报提醒大家说，最近几天里要注意预防更大的风雪和冰冻。啊，这样的信息让我有了一种不祥之感，今年的大雪会给人类带来什么意想不到的灾难吗？

祈愿苍天护佑大地所有生灵。

安详的冬雨

一道篱笆，似乎想挡住岁月的流逝；几片落叶，仿佛要敲响一串旧梦。

窗里窗外是两种风景：窗里的人静静端坐在书堆里，桌上铺有几张被风吹乱了的素笺；窗外是一方清朗的天空，还有几枝沉郁的绿色或重叠或招展。窗里独坐的人心已经穿行于天地的浑然之中，窗外的景色正一点一点浸润到这寂静的书斋。

严冬早已颤抖着向我们走近，晴朗日子里那些素白的云朵飘去了哪里？风，一阵阵掠过之后，雨就接着来了。淅淅沥沥，点点滴滴，一声远又一声近，声声打在叶上，落在心里。

心便在此时怦然动了一下，踌躇间还是推门出去。我不想带伞，难道在雨中真需要伞的保护么？一个人在阴郁的灰色天空下走着，将手松松地斜插在口袋里，仰着头任丝丝细雨淋在脸上，还真有几分爽快和惬意呢！我相信自己应该是很洒脱的模样，看看四周沉着而黯然的深绿，庆幸自己的红色棉袄竟然是这个冬季最好的装饰和点缀！

路灯像涂了一层奶油的果子挂在那柱没有枝叶的杆子上，幽幽地发出黄色的光晕，在被雨淋湿的路面泛出含糊不清的亮斑。我的身影一次次在灯光中被拉得颀长，最后消失在前面那片空旷的草坪子里。站在空无一人的地方，一时不知道该往哪里走？我仰起头，张开嘴闭上眼睛希望能够吸进几滴雨水，似乎这样能够浇化一点心火和焦灼，为什么要这样为什么会这样？邪门了？莫非入冬以来火锅吃多了并不是好事？温暖和烦躁的感觉为什么总是同时出现？

　　在雨中漫无边际地遐想了几个来回之后，心似乎得到洗涤一般顿时轻松了许多，看看四周次第亮起的灯不断地传达出温暖和光明，不由得伸伸胳膊踢踢腿然后长长地呼出一口气来——经常这样吐故纳新据说有益健康，何乐而不为呢？当代人最需要的应该是健康和平安，有了这个才能够得到真正的快乐，至于其他固然重要，但位置可以稍微排在后面一点。可惜现在的人很多沉溺在对钱财和权势的追逐之中，往往容易将最重要的东西给弄丢了，难道不也是一种本末倒置吗？记得香港女作家梁凤仪曾经说过这样的话：健康是"1"，美貌、名声、权势和财富等都是"0"，有了"1"，后面积累的数字才会最大，倘若没有了"1"，就什么都没有了。

　　也真奇怪，就这样在晚雨中走了会之后心情顿时轻松了很多。当我释放了一身的疲劳和困倦回到书房时，无形中已经将很多个日子积聚的郁闷和不快挡在了门外。寒夜将临，端坐一隅，展开长卷，凝神屏息。吟笔，扶弦，谁听？忽然想起毕加索笔下的鸽子，曾经将那样的温和与安详带给世人，然在今天这样的茫茫雨夜，该去哪里寻访它们的行迹呢？

　　我安定了自己的心绪在灯下读到了韩少功的一篇《雨读》，凝眉静思颇有些共鸣和感触，希望也能够像他那样在雨中于一些书卷中循一些诗句或者散章，飘然落入古人昏黄的心境中去。而且在这样的一个雨夜里，很容易认同他的见解：较之西洋文化总体上的外趋势，中国传统文化有总体上的内趋势，比如崇"安"、重"定"、好"静"、尚"止"，最能够准确地反映出中国人的心态，从中可以感觉到是一种对雨中山林的真实写照，也是一种可以让你充分想象的古人凭窗听雨的情态描写。

我在这个有雨的夜里，不期然而然读到了一种冷静、悠远、释然和安详。由此我更加相信古人在没有电影电视网络和手机等诱惑的情况下更容易天马行空、精骛八极，各种思想与感怀确实很有可能在雨声中诞生，难怪那么多古诗文中的佳词妙句都在孤寂的雨中与你相约，伴你在种种设想与期待之中与苏子相携"一蓑烟雨任平生"了。

思绪刚刚在兴头上回旋时，我的手机音乐在寂静的夜里响亮地传过来了，那优美而跳跃的旋律在冬日的房间热烈地荡漾，我缓缓放下手中的书本，在雨声中从容地接听起来。

第二辑　旧林萍踪

樟林幽深

入春以来，天气总令人捉摸不定，忽而阳光融融，湛蓝的天空游动着几朵白云，光洁而纯正；忽而细雨霏霏，近前的浅绿点缀在翁郁的远山，清新而明快。穿过冬天漫长的夜，我们一路寻访春的踪迹，寒冷的影子，每天都瘦下去一圈，春色就像等待化妆的新娘，正急不可待地将花朵插上枝头。

吃过晚饭，暮色渐沉。原想借着慵懒躺下来看看电视，孰料窗外渐渐有了滴滴答答的雨声，心里一动，到底经不住春的诱惑，有了一种想去户外看看的念头。尤其是后山那片樟木林，在日复一日的忙碌中许久未去，隐隐地生出几分牵念，披衣提伞出门。

行经一碎石小道，再绕过一园林花圃，便到了那片我熟悉的樟树林。当年，位于山脚的这里曾是一片废地，但见藤蔓缠绕，灌木丛生，茅屋麦陇，涧水中流。后来不知道是哪位人物偶尔趑足至此，感慨如此宝地，竟无人能识？于是以最快的速度做好植树计划，随之，振臂一挥，一呼百应，不出一月，尽见拇指粗细、一人见高的幼樟排列开去，遍及山脚，与山上的林木相接，缀成了后山一方新景。若干年过去，幼樟均已长成碗口粗的大树，三步一棵，五步一株，坚挺地站立成一壁丛林。树的枝干与枝干沟通，叶与叶重叠，几乎遮盖住了整个天空，只漏下斑斑点点的零碎光亮。所经过者，无不驻足侧目，好一处赏心悦目的林子，真乃风光占尽，不虚此归。从前偏于一隅的山地，如今已成喧闹中人求得片刻安宁的"世外桃源"了。曾几何时，我亦最喜择暮云合璧的黄昏携友来此闲游，或窃窃私语，或空对远山，置身其间，哪里还会生出烦恼和忧伤呢？就是偶尔惹一些创痛，来此转悠一圈后，神奇般不治自愈。

循樟林纵行数十步，恍闻声响，不由得有些发怵，毕竟天已向晚，人迹杳然。但念及自己一向是个喜欢尽兴的人，慢慢呼出一口气后再继续朝纵深处走去。岑寂之中，忽见池中细鱼，亭上飞春，雨后清响，如鸣佩环，石壁光滑，五色杂错。如何地纤埃不至？如何地宜咏宜诵？欣欣然有若入神仙府第，浑然忘我！难怪陶潜写出"种豆南山下，悠然见南山"的妙句，而柳宗元则至爱山中的石潭和小丘。如此说来，还真可以忘却红尘与闹市的喧嚣与芜杂，真乃依山瞰水，心远地偏。

忽然听到小提琴协奏曲《神秘花园》于幽暗处渐渐响起，其声忧伤清婉，千肠百转，欲沉欲浮，欲飞欲止。朦胧中犹见一仙袂飘飘的女子面对远去爱人缱绻不舍，如诉如泣，如痴如怨，有无限思念的缠绵，也有永世难忘的伤痛；又仿佛站立着一位在成败中沉浮的如山好汉行走在逐日的荒径中，有顽强追求理想的勇毅和执着，也有背负青天的沉重和压抑。我的一颗心此刻穿行在这样的旋律中，刹那间痴痴怀想冥思久久不能自已。仿佛半空里忽飘下云朵，云朵里浸透着淡淡的蓝色，又甚或月夜里落下星光，闪烁着朗月般的清辉。人在幽僻的花径漫步，全然忘却此时何年？此处何方？音乐的好处，恐是断断不能用言语来描述的。且能很自然地让人联想起一些最为实际的问题，比如：人生的意义和价值到底是什么？人在现实中须得如何应对种种方能安然生存？人什么时候才可以将自己安放在一个舒心惬意的地方？

路，还在前面延伸，我的步子稍稍放慢了一点。这时，突然记起了一句犹太名言："人类一思考，上帝就发笑。"不免汗颜。以写《生命中不能承受之轻》的昆德拉曾经解释说："为什么上帝看到思考的人要发笑呢？那是因为人在思考，却又抓不住真理。因为人越思考，一个人的思想就越跟另一个人的思想相隔万里。"难道哲学意义真是这样理解的吗？那么我想问问，如果我们现在都站在这片樟林里，是不是会有同样的感受呢？如果你志存高远，想突破拘囿自己的围城去努力完成将举未举的事功，还能够在你的周围发现理解和接受你的人吗？知我者谓我心忧，不知我者谓我何求。在理想与现实面前，我们究竟应该沉湎在传统生活方式消失的挽歌里，还是应该沉醉于文明进程推进的讴歌中呢？陈建功先生在《奔波的人生与诗意的守望》一文中说得很好："传统"令我们活得从容不迫。我们可以"戴月荷锄归""把酒话桑麻"，时时陷于被时代潮流抛到一边的恐慌，却又时时处于角逐的紧张和对生活终极意义的怀疑之中。

就在这样行吟似的漫步中，我的心如同在小雨中洗涤了一番似的，渐渐地明晰起来，多日来的焦虑和郁闷逐渐消逝。一只鸟儿正好从远处落在前面的树上，看不清是什么颜色什么模样，只听见它清亮地叫了几声之后复又扑哧扑哧飞走了。是否前面还有一个更合适它栖息的地方？莫非它一直处在这样的寻觅之中吗？循着鸟声我向前走去，这个时候，我感觉自己再不会有孤独感了，也再不会害怕黑暗，我的周围荡漾着热烈的旋律，弥漫着快乐的气息，我感到周身的毛孔都浸透着无法言说的喜悦。

游眺甫毕，心若有察。雨，不知不觉已经停了，当我回转身慢慢走出那片幽深的樟树林时，我看到前方一幢幢楼的灯光次第亮起，淡淡地传递出许多温暖。我放开步子，春寒，正从身边悄然消遁。

后山

春光总是在最合适的时候妩媚地给你很多诱惑，于万山葱绿的怀抱里耐心等待莺飞草长，如果置身其间还不能领略到某种撩拨思绪的诗意，那是不是愚钝了点或者说是淡漠了点呢？

三月天孩儿面说变就变。春天里很容易遭遇到一个阴晦的天气，天低云淡，细雨绵绵，而我恰好最喜欢选择这样的天气出门，我不知道自己是怎样信步来到这久违的后山？

还是那片熟悉的旧林，郁郁青青的山，漫游的薄云从这峰飞过那峰。尚未见到有红花点缀绿叶，是时令还早着吧？偶尔听到有鸟叫的声音，清脆却有些压抑。鸟儿的声音总是让我感到亲切。前些日子我曾经喂养过一只受伤落在门前的小鸟，在我十分疼爱它精心照料着它的时候，它却在某一天飞得不知去向，是在这山中隐藏起来了吗？可爱的，你是不是我的旧识呢？你若知道我来到这里，是否愿意飞过来让我看看？

"又见炊烟生起，暮色照大地"，一句旧歌词突兀地跳了出来，我的眼前好像升腾起了一团火焰，一副画面渐渐浮现：一个暮霭沉沉的傍晚，与同伴去后山闲步，远远就有一股泥土夹杂着烟火的气味扑鼻而来。过一山坳之后，见一老者在四周铺满枯草的空坪子里盘腿而坐，他的面前堆放着一些干枯的柴草，正在熊熊燃烧，不时地发出"噼噼"和"吱吱"的声音来。我有些愕然，于是停住脚步，怔怔地看着他，只见他身板挺直，表情肃穆，旁若无人，一动不动地看着那团火，深褐色眼眶内有些浑浊的镜片泛着跃动的红光……

那一刻不知道怎么回事，我心里莫名其妙生出一些说不清也道不明的感触来，人在朝前走着，步子却挪不动了。就在这样一步三回头时，一不留神脚踏了个空，"哎哟"一声人掉下去一半，一双手本能地抓紧身边的一棵小树，同伴好不容易才把我拽了上来。好险啊！回想起来真还有几分后怕呢！

身边流过一淙自上而下的清泉，潺潺有如音符般跳跃。我爱这后山的一切，心理上似乎还是一个不谙世事的孩童。正在感觉清爽宜人的时候，冷不防从什么角落里窜出一条肮脏丑陋的野狗来，一副毛发焦枯、饥饿凶狠的样子，一双发绿的眼死死盯着我们不停地叫。开始我有点害怕——记得小时候喜欢养蚕，常和同学去城郊采桑叶，有一次被狗狠狠地咬过两口，吓得放声大哭起来，以后一见狗就有"十年怕草绳"的畏惧感了。可这回我很快镇定下来，毕竟经过了岁月的洗礼，不像以前那样胆怯和脆弱了——我初中时的班主任曾经给我下过这样的评语：脆弱，好哭。回想一下似乎好多年都没有哭过了，我庆幸自己终于能够战胜自己。如果此时那条野狗要扑过来咬我，我也决计要和它拼个你死我活，何况也就只是条狗罢了，倘若是个恶人，我坚信现在也不会再畏惧什么。

我不明白我最后怎么一直这样走回到了这片旧林？天气暗淡，暮云离合；足履泥泞，野犬汹汹；险象环生，前兆未卜。是苍天的安排吗？命运之舟就不能载我漂流到一个风平浪静的港湾？当然，可以对任何处境都满不在乎，这并非是自己麻木，只是应该清晰地认识到世路崎岖人必须经受得起精神的磨难。许多年以后的今天，我终于开始明白那凝神守着火堆的老者为什么会那样庄重？也许他所有的沉思，所有的默然，所有的冷峻，都如同那日渐衰枯的小草一般，眼看春天已经就在眼前，却又无法勃发盎然生机，实在不甘心如此在瞬间的燃烧中化作缕缕青烟随风飘散啊！

后山此刻是静谧的，也是寂寞的，虽有些昏暗，却蕴涵着神秘的诗意。虽有同伴在身边，仍然只我一个人幽灵般地落在雨后的砂石路上，四周仿佛有无数双眼睛在窥视着我的内心，甚至我听到一种低沉的声音在问我：你还继续往前走吗？也许还有一条可以走进去的路，也许已经无法前行了。我对着这寂寂空山，回味这落地的声音，站在原地突然想起了但丁《地狱》的第一章。

我已经走出那片黑森林了吗？

陌生的晨雾

很多年过来，遇上了一回前所未有的春寒，不仅仅冷的时间长，且温度很低，一张口热气就迫不及待从嘴里冒出来，瞬间逃逸得无影无踪。此时的北方还纷纷扬扬地下雪，铺就了一望无际的纯净和安详。莫非时光的钟摆还停留在原来的地方？什么时候才可以听到一首春天的晨曲？

日子一天天过去，我知道我依然在不断地行走，辨识不清到底行走在哪里？这里的一切都让我感到陌生，难道只在梦中见过吗？周围的景致犹如武侠小说里描写的那样肃杀诡异、剑拔弩张，置身其间，莫不让人惊悚和战栗。

昨晚淡淡的月色下，一个人沿着院子里那座石山旁的小路来来回回走了好几圈，自在而悠闲，心里一切放不下的都放下了。实在一点地说，你又能怎样呢？放不下的东西太多太多，你的心如果负荷超重，会不会觉得承受不起？

今天早早起床，一个人轻轻下楼，习惯性地沿着昨晚的路慢慢走过去。这个早上院子里空寂清冷，很难见得到人影，周末谁都想多休息一会吧。而我正喜欢这样的环境，远离熟悉的人心情特别轻松自在。就像刚读到的一篇小文《白猫》，主人公剖白自己的心理说不喜欢遇上熟人，不想勉强自己笑着与熟人打招呼，似乎很容易引起共鸣。

每一个清晨好像都是复制出来的，清净、平和，让所有人感到对新的一天充满了希望。不知不觉走到了江边，但见水面浮着浓浓的雾，风吹过来也不肯散去；从此岸望到彼岸，山峦层叠，雾霭重重，偶见山峰露出一层绿色，转瞬又被大雾覆盖了。我相信自己眼下也正被浓雾紧锁，一时还钻不出来，深深的压迫感顷刻让人心情压抑。

我在这浓雾中感受到了侵蚀的伤痛，但我相信这雾终究会慢慢散去，因为春天的信息已经那样分明了。我听见鸟儿快乐的歌声，它们绝对是在唱歌，内心的欢悦破茧而出，很快传递到了很远的地方。鸟儿一定比我快活，它们应该不会有什么心事，更不会品尝忧郁，忧郁只属于人类，只属于一些还未能觑破世事的人。

一路抚摸着那些光秃秃的树，它们还来不及长出新叶，但精气神依然，伸张着褐色的枝干，颇有茅盾笔下白杨树的精神。如今蓄积了一冬的精、气、神，时刻准备点染绿色、绽放花蕾。我的心也多想在这个时候发芽——很多天阴雨连绵，没有阳光的日子多么暗淡，甚至觉得有如行走在幽深的峡谷，被狭小的空间和两岸的陡峻挤压得喘不过气来——大雾散去之后，阳光会投射过来吗？

几株深红的茶花开得很是醒目，点缀着这个单调的清晨。那条小路不知道被什么人撒了一路的花瓣，蔫蔫的全然没了精神，这样的行为绝对是一种摧残。我的心开始抽搐，开始一点一点痛起来。是为落花而痛吗？还是被那些损花人所伤？一时还很难说清楚。我蹲下来，一瓣一瓣地拾起来，捧在手里。

泰戈尔的几句散文诗在耳畔响起："苦行者为了启程只能够开眼睛的

时候，姑娘出现在他的面前，仿佛一首熟悉而又遗忘了的诗，由于新添了曲调而变得新奇。苦行者从座位上站起身来，告诉她说，该是他离开森林的时候了。"细细想想，问问自己，我是那苦行僧吗？倘若是，我应该离开什么地方呢？

兰似君子

一季春风，悄然而至。我一手牵着温暖，一手挡着寒冷，踽踽独行于小径，寻找属于自己的颜色。人生如梦，岁月如烟，日子在一条河流里回旋、徘徊。虽已是花香满地的春天，人生却会无由地遭逢几多的伤痛。隐隐约约，从很远的地方传来二胡的声音，我从中品出几分沉郁、深挚、激昂和渴望。立于三月的寒风中，不由得裹紧了双臂。

白雾渐浓，景物莫辨。置身其间，恍兮惚兮。在樟树林里行数十步，便是我每日工作的地方。刚推开半掩着的门，一股淡淡的清香扑面而来，抬眼便看到我桌前的茶几上摆着一盆郁郁青青的君子兰，这可是我一直向往的高洁之士啊！常说见人的第一印象很重要，其实见君子兰的第一印象也同样重要。我一直渴望能近距离地观赏一番君子兰，现在的我久久端坐于桌前，默默打量着这株君子兰，多想如此愉悦的好心情能够催绽开满面的笑容，让昔日忧伤的泪水流进血管，与血液融为一体打通身体中所有的道道，在心灵深处铺就一片辽阔的天空。

早就有闻：兰似君子，君子如兰。其形如剑，其味如菊，其品如莲，其气如竹。美而不妖，贵而不华。如今得以近前一睹，果真其然！君子兰，你不早不迟适时到来，就像人与人之间的缘分一样可遇不可求；君子兰，你虽寻常普通，然而纯粹高雅，难怪有人这般吟咏："花之君子兮，兰中丈夫；不弃陋室兮，何曾浊俗"；还有"蕊影摇动兮，绿叶扶疏；丽质蕙心兮，美我茅屋"。君子兰，你卓然入室，不惧寒雾，有你立于其间，空气会越来越纯净、清新，人也会变得越来越勇毅、坚强。

君子兰，你会在春天开花吧？据说花期很长。最初的几日，忽然见到绿叶簇拥的中心伸出几个花苞，羞涩而含蓄，数日之后，终于看到你在不经意间悄然开花了！先是一束橘红色细细长长的花苞，如集束手榴弹那样昂着头，生气勃勃地朝上挺立着，又更像一把把未撑开的小伞，随时准备抵挡来路不明的风雨；后几天只见中间的几朵次第绽放，花瓣伸展着向周围散开。靠边的花蕾似乎蓄足了精神，也随时为展示自己的风采跃跃欲试。眼下所有的花蕾已全部开放，花瓣的根部和从花心里长出来的一根根花蕊呈淡黄色，花蕊的顶端还有很不起眼的一小块花粉。你若不近前去细细查看，还真说不出它们的细微之处呢！君子兰，你贵不如牡丹，艳不若桃花，香不及茉莉，然你的魅力是从里到外的清雅与纯粹，安然开放在不起眼的一隅，点缀着这个暗淡而寒冷的春天。

君子兰，你叶片的绿是生命之原色，展示出一种丰盈，表现出一种坚韧。君子兰，有时你的叶片也会像利剑那样，伸展着挺立着试图抵抗破窗而入的飓风；你面对毫无心理防备的袭击，面对随时侵蚀你骨髓的毒雾，你不仅勇敢地护卫着自己，也护卫着关爱你的朋友。那样一种于天地间的回肠荡气，足以挫败来自任何角落的疾风骤雨，从而让我有了勇气，有了自信，有了行走于夜路的坦然。君子兰，你的叶片真的像一把把利剑，在一个又一个让我惊悚而苦闷的日子里，像武士那样默默地用心守护于近前，守护着这块尚未带给你安宁的方寸之地。在走完三月这个让我伤痛的风雨之旅后，我会默默定格下你的姿容，并将之长久深藏于心底。

为什么视君子兰为一把利剑？为什么在风雨中想起君子兰而安然？诗人赵树义有首诗歌《铠甲》，读罢颇有感触，"我需要一副铠甲/长不过脚板，宽不过锁骨/坚硬不过指甲。我不需要它变色/只需要它护住我的良心/不被狗吃掉"，就这么短短的几句，却极富哲理地道出人内心深处的一种心理需求，在保持自己本心不变的情况下，原来人是需要保护的，至少需要自我保护，如果你在人生之路遭逢坎坷与挫折，或者体味到了世道的艰难困厄、人心叵测，你纵然不会先射出你的子弹，也没有利剑去回击对方，但你必须学会自卫，随时找好突围的路，不至于把自己逼到绝路。我很想大声地说，"是的，我现在需要一副铠甲！"

现实毕竟不是戏剧，没有一道帷幕可以将看得见的和看不见的隔开，很多的很多需要靠你自己去想象去体味。这时候，最好静静地倚靠于君子兰近前，安然地听一段德彪西的曲子，如《牧神午后》前奏曲之类的，你会觉得在这样一个难得的春日里，阳光朗照，和风晓畅，来来去去的鸟鸣声和着大地上树叶、花草的芬芳，悠然地散发开来，激荡着你的心情与意绪，让你感受到一种从未有过的欢快和怡然。

一个古风犹存的村子

清晨，还来不及睁开眼睛，便听到窗外鸟儿婉转的歌声，连日下雨，莫非今天是个晴朗的日子？推开窗户，阳光挡不住地直射进来，我匆忙收拾好简单的行囊，在这样一个难得的周末，出门踏青去，接近山，接近水，唱着歌，吟着诗——我要在一首诗歌里打开一条河流。

时光漫不经心地在改变着周围的一切。四月，刚刚从三月里走过来，就像一条小河，流淌得很缓慢也很从容。记得桃花刚绽开时，我竟然忙得顾不上去欣赏，院子后面一大片的桃树林里盛开着灿如云霞的桃花，很有点像金庸《神雕侠侣》里那方充满迷幻色彩的桃花岛。不过，只有桃花，只有桃花静静地等在那里，没有人物，也没有故事，自然无法给你更多的刺激与遐想。看来真是辜负了三月，也辜负了这个季节。

今年的春寒像一场醒不过来的梦一直纠结在心里，阴郁、暗淡。多么希冀一场欣欣向荣、生机勃勃的春风！此刻，户外的一切景致都在改变着我很多日子以来有些沉郁的心。暖风，轻轻地吹着，我斜倚石桥，静听风声，满眼春色，心旷神怡。

我要绽放满脸的笑容，点缀春天；

我要濯洗昨晚的旧梦，装饰林间。

　　油菜花早就开了，开在与桃花相媲美的日子，我既未及时欣赏粉红的桃花，也未及时欣赏金黄色的油菜花。或许我真错过了季节，错过了春风，错过了青山与飞鸟。现在徜徉于四月的残春里，看到那些新长出的树叶正透着绿莹莹的微光，有几滴雨水还挂在树梢；低洼地里的野花弥漫着淡淡的香味，我期盼找到一片辽阔的绿洲，以随时安放一颗疲惫的心。

　　一个古风犹存的村子，在走走停停中突然横在面前，我好奇地慢慢靠近，靠近，既熟悉又陌生。村口一棵高大的银杏树，孤独地站在那里，我曾在什么地方见过吗？到底在哪里见过呢？树的后面是一条水泥路，两旁是新旧间杂的房屋，新建起的各式小砖楼很像城里人喜欢的别墅，大气精致，也许本来就是城里人来此修建的吧？以便节假日过来休闲放松。旧式的木质老宅也从容地立于原地，它们不自卑不羞怯不畏缩，以原生态的形象挺立着，与那些气派的小砖楼相得益彰。现在你若到乡间去看看，大体都是这样的格局。你也许会感叹岁月的流逝，时代的变迁，历史总是在向前发展，而这些都是不以人的意志为转移的。谁又能够留住那些曾经沧桑的日子呢？美好的事物都走在路上，随时会给人一种新的惊喜。

　　四月芳菲，天高水远，轻风摇曳，柳絮飞白，微微煦暖的天气，风景总在虚虚实实之间。听着远处悠扬的笛声，心便漾出一个快活的圈来，恍然自己正行走在江南的春里，浅浅的诗意像鸟儿一样飞到了我的心里，看到一枝迎春花斜斜地从一旁伸过来，仿佛自己也变成了其中的一朵，很想诉说点什么，却又什么也说不出来。

多希望有一个人与我一起漫步于四月的乡间，唱一首最时尚的《春天里》，倒不是歌词怎么精美，也不是旋律如何优雅，只是表达了一种最本真的情绪，这种情绪是普通大众所共有的，无雕琢，无粉饰，无造作，难怪深受人们的喜爱。说句不好意思的话，其实我还不会唱呢，甚至记不住一句歌词，但我自从听过之后就再也没有忘记。

有人说，乡村是季节的故乡，是季节的影子，以前我不甚明白，当我现在很放松地行走在乡村的路上时，终于真切体悟到了这一点，奇怪自己一进入到山水之中怎么就有了灵感？那就让我走进山，走进水，走进大自然吧，四月的一次踏青，我摒弃了幽居在心里的烦忧，在春风中感受一种彻底的纯净和安宁。

一半一半的世界

　　曾经向往做一个精神贵族，谈何容易？倘若要做，须得从初涉世开始，很年轻很年轻的时候。一旦被社会上的污浊之气所浸染，你会感觉不到真正的自在与快乐了，如何还有"精神贵族"可言？

　　尘世纷扰，身不由己。我也试图寻求某种自由与挣脱。可是一直寻不到也挣脱不了。那么，到底该与这个世界的什么东西抗争呢？金钱？名利？权势？俗务？

　　窗外，五月的花开得缤纷灿烂，然并不能在我的内心有些许颤动。感觉累了，很累……内心的焦灼、厌倦、疲惫等，无法驱逐，也无法释放。我相信缠绕着这般情绪的大有人在，他们不是也在努力隐忍吗？徘徊于理想与现实的边缘，殊不知，活着，就是挣扎，就是无奈，就是痛苦。你不妨去看看街上来去匆匆的行人，有几个表情怡然轻松的？

　　莫非是吃饱了饭喜欢胡思乱想吗？一位朋友说："人若饿着肚子，只有一个欲念；若是饱食终日，欲念就有无数。"另一位朋友说："每个人的童年都是多姿多彩的，不知道小时候为什么就有那么多的快乐呢？越长大这种快乐就越少。后来，听我爸说，等你活到我这把年纪，就会重新获得这种快乐了。小时候，是因为越简单，越快乐；老年时，是因为放下的越多，越快乐。"

其实，人吃饱了饭是会产生很多欲念的，且容易胡思乱想。胡思乱想可以从正反两方面来理解，从正面理解，是学会思考，一思考就会痛苦（哲学家们往往是痛苦的）；从反面来理解，势必会心生邪念。那我们还是从正面进入吧，像俄国文学泰斗托尔斯泰，每天照照镜子看看自己，然后学着进入思考状态——其实不用学，你只要静下心来，自会进入某种思考之中。

思考是什么呢？为什么要思考？难道是想追求纯粹吗？这个世界上会不会真有纯粹？如果没有，你一定会失望？那又有什么用呢？这年头，真能够保持独立的人格和尊严吗？

红尘中人很容易对自己所处的环境乃至整个世界都不满足，理解为理想主义者抑或完美主义者，未尝不可。他们追求的是一种纯粹，眼中似乎容不得一粒沙子，天要纯蓝，水要纯净，树要碧绿；风是风，雨是雨，马是马，驴是驴。如此，不是太与自己过不去了吗？孰知天底下没有绝对的纯粹，非驴非马的东西比比皆是。你不承认事实、不适应环境是不行的，有时候还真要半睁着眼睛看世界。

这样说，是不是有点苟且与逃避了？看不惯的要看？接受不了的要接受？不痛快了吧？那又奈何？见多了名利场上的虚与敷衍、尔虞我诈、明争暗斗、大打出手，"凤辣子"一个个登场，"明里一把火，暗里一把刀"，不少人马上马下翻滚，门里门外躲闪，江湖上人，活得真不容易啊，替他们累，替他们害臊，这年头，为了名利，不停地厮杀、械斗，张着血盆大嘴，像《红楼梦》里探春说的"一个个长着乌鸡眼，恨不得你吃了我，我吃了你"。磨刀霍霍，杀气腾腾，到头来谁也吃不了谁，其结果往往是两败俱伤。

很多人讨厌这样的生活，能躲且躲，能绕且绕；很多人就是讨厌却又身不由己，绕不开，躲不过。那些无处不在的气息无孔不入，散落在树林中和草丛里，钻进他们的身体，浸入他们的血液，掌控着他们的命运和生死。看着大地生灵的一片悲苦，我们常常感到无言。人的命运有时候不是自己选择的，我常常形容说就像搓麻将时的"听牌"一样，落到"二条"就是"二条"，落到"三饼"就是"三饼"，至于胡不和牌，不是你说了算的。

发出以上的声音，近乎呓语，我担心自己会不会陷入宿命论与悲观主义的境地，这是要受到批判的，不由得惶惑不安了。一只黑鸟掠过眼前，飞至对面一棵大树上，停在枝头。它搔首弄姿，大声发笑，颤得那树枝左右摇摆、前颠后倒。莫非那黑鸟正在得意中吗？我参不透它的心思，更愿意相信它也许是找到了最合适的去处和姿态？

最近读到一篇小文《二分之一的智慧》，一哲人对一絮絮叨叨、不满现状的求知者说："你的个性是属于黑白分明、疾恶如仇的……你知道，这世界是一半一半的世界。天一半，地一半；男一半，女一半；善一半，恶一半；清净一半，浊秽一半。很可惜，你拥有的不是整个世界……你要求完美，只能够接受完美的一半，不能够接受残缺的一半。"哲人最后教诲求知者说："学习包容不完满的世界，你就会拥有一个完整的世界了。"这些话像一盏灯，很容易照亮一些迷茫者的心，打开一度生锈的心结，让人能够客观地看待这个世界，学会与周围的人相处，顺应事物的变化，做到处乱不惊。

六月像只快乐的鸟

六月最后一天，风过无痕，蝉鸣鸟啼。

正巧是个周末，午后醒来之后，我一个人出门，穿过一片林子，靠近后山的"东来阁"。但见雨季之后丝丝缕缕的青绿，偶尔有一滴两滴水从裸露的岩石中滴落，透明、晶莹、清亮。风，送过一阵野花的香味，馥郁、芬芳。我微闭着眼睛，深深吸进一口，再长长呼出一口，所谓的"吐纳功"，莫不如此？从医道角度看，倘长期坚持，有益身心。

看着前面半山上的红色、白色、褐色相间的"东来阁"，四角褐色的翘橡如跃跃欲飞的鸟翅，活泼而凝重，张扬而气派，让你不由自主被吸引，萌生一种狂奔上去的冲动。我提起精神，渐渐靠拢山脚。沿着山道，拾级而上，一会儿工夫就抵达"东来阁"内，并上到阁顶。举目远眺，情不自禁吟诵起了王勃《滕王阁序》中的文句，"潦水尽而寒潭清，烟光凝而暮山紫"——尽管并非秋天，然此时此刻的感受却是那样的真切！

从山上再走回山脚，一片绿叶慢慢地飘下，清瘦清瘦的身影，滑过我的肩膀，轻盈地落于前面的花圃里。我弯腰拾起这片绿叶，捧在手心，悉心地呵护着它，犹如自己相识很久的朋友——这样的一种温柔，大概缘于我对绿色的一种喜爱吧，绿色，是生命和活力的象征，这一瞬间，我感受到了生命的珍贵，六月里最后的一天，我在绿色中浸泡、感染、感动、感悟，恍若回到春季，邂逅遍地的花朵与草木，我徘徊在这绿色的光亮中，尽情地享受着六月最后一天的安宁与温馨。

六月就要走向七月了，六月像一只忧伤而快乐的鸟，无论什么样的飞行姿态，都不会倦怠，也不会厌烦，六月已将自己的命运与蓝天联系在一起了，六月相信，七月的阳光会更加炽烈，七月的风景会更加绮丽。一丝风，一缕光，一棵树，一根草，它们的生命将继续延伸、丰富。

我舍不得如诗如画、温馨热情的六月，然六月拖着满足的尾声将告别这个年轮的舞台。七月就要拉开帷幕了，七月可以是男人的，大气、内敛、深沉，七月也可以是女人的，温婉、灵动、活泼；七月可以是理性的，感悟、叩问、沉思，七月也可以是感性的，吟诵、歌舞、抒情。七月就是这样，融合世上最美好的事物，不断地扩展、充实、放大，像一棵树挨着一棵树那样，幸福与幸福，快乐与快乐，紧紧地挨在一起。

我依然独自走在六月的路上，面对那片樟林，久久地站着，站着不说话。与谁说话呢？现代社会人往往是孤独、疏离、隔膜与异化的，雷蒙德·卡佛曾有一篇《没人说一句话》表现了根植于人性深处的冷漠与自私。此刻，除了飞来飞去的鸟，林子里没有一个人影，那就拥抱自己吧。人有时候会怪怪的，拥抱自己，其实是在拥抱一种孤独。孤独有那么可怕吗？我并不以为然，甚至有时候会喜欢上孤独，孤独时的胡思乱想、随心所欲、肆无忌惮、放浪形骸，可以让自己的思想与意念更加飘逸、纯净，从而在灵魂的月光中得到升华。

今天，是六月最后一天，我孤独、忧郁，也充满期待。这样的孤独是自找的，与即将逃遁的六月相逢在一起；今天，我们重新上路，呼出污浊之气，吸进新鲜空气，让体内的氧气更足，养分更足，以待明天释放熔岩奔突的力量，携手走向令人向往的七月。

枫叶飘红的"马楚国"

　　长沙的初冬，久雨乍晴，泥湿苔滑，阳光朗照，微风轻漾。一大片橘柚树从眼前滑过，橙色、红色、淡绿色，沉甸甸的果实，累在颤动的枝头。我们驱车来到浏阳河畔，将在此寻访一番马楚国的旧踪。

　　刚刚进到马王堆疗养院，一位五十上下、西装革履的讲解员迎上前来，他带我们逐一参观了马王堆汉墓一号墓、二号墓和三号墓遗址。很多年前，我曾到省博物馆参观汉墓女尸，见一端庄秀丽、双目微闭的女子躺在冰冷的地下。如一首诗歌说的："那件／素纱蝉衣／轻如羽翼／裹得住身子／却裹不住／历史的缕缕烟尘。"时至今日，隔世红颜辛追，已频繁出现于观众的视线，在电视剧《辛追传奇》和京剧《辛追》中，一位衣袂飘飘、顾盼生辉的绝代佳人吸引了众多眼球。

　　从汉墓遗址的半坡下来，我们又来到了东沙古井。一汪澄净清亮的井水，让人顿生掬一口的欲望，然尚未来得及品尝，又步履匆忙赶往东屯渡。

　　东屯渡位于浏阳河畔，旧为长沙通往东乡的一个古渡口，其名久远，张栻《梅园诗序》云："葵巳仲冬二十有八日，始与客游，过东屯渡。"从清朝开始，这里多方创设义渡，为民众提供方便。直到一九六〇年，才建成东屯渡大桥。这座桥为六孔填腹式公路桥，全系花岗石砌成，桥型美观大方，雕有各种图形。远远望去，桥体灰蒙蒙的，厚积着历史的尘埃，感慨之余，肃然起敬。据当地人介绍，一九四九年八月五日，解放军第四十六军一百三十八师就是从这里进驻长沙的，一阵锣鼓声、欢呼声与掌声犹在耳边响起。现在，建起了宽敞的"东风广场"，四周也修葺一新，草木藤蔓，花石灯柱，无不典雅风致。顷刻，我被眼前的画面吸引了：两位白发苍苍的老人坐在长椅上，一边聊天一边读报，还有一位在大树下打太极拳。多么悠闲自在的一种生活，他们当年是否参与了迎接解放军进城？莫非正在回忆那感人的一幕？

浏阳河两岸的景物倒映在水中，堤坝满眼翠色，纤尘不染。倚靠在栏杆边，仿佛眼前的河水正汩汩流进体内，周身的肺叶、脑细胞与血管均被流畅地清洗一遍，通体感受到一种前所未有的愉悦。

站在时光厚重的隧道里，我不免恍惚起来，现在的我们，身在何处？今夕何夕？一个陌生的身影总在我眼前飘啊飘啊，他是何人？曾在何方？

走笔至此，我们不妨先来段演义吧，怀想一下马楚国的历史，那可是一种特殊年代里的金戈铁马，万里山河啊！

每到傍晚，一位以做木工活为生的人，总会习惯性地从树木掩映的草屋走出，来来回回徘徊于树下。他圆脸厚唇，天庭饱满，衣衫破旧，粗手赤脚。时而凝目四望，时而捋须长叹。在他深邃的眼神与严峻的表情中，路人察觉到这位不起眼的人好像怀有很重的心事，重得天都要压下来一般。是他哀叹自己出生太低贱了吗？低贱得没人多看几眼；是他感慨自己身份太卑微了吗？卑微得令人捉摸不透他的心事。这场景让我想起了后来一位声名显赫的大人物——明太祖朱元璋，也是一个放牛娃、和尚出生的寻常人，然而，上天却赋予一份重任给这个貌似寻常的人，他像传说中的凤凰，历经人间苦难，千锤百炼，浴火重生，最后成就了一番帝王事业。

让我们认识一下那位踽踽独行的木匠吧，造物主将会赋予他什么样的使命呢？马殷，河南鄢陵人，别号马霸图，其貌轩昂，其行诡异，人如其名，刚刚成年已露几分霸气。在那些风雨如磐、贫困交加的日子里，他每天打完木器之后，常喜独自于暮色中踱步，但见村舍烟霞，青石芳草；水波渔舟，翠柳劲松，眼前的一切无不自然天成，浑然一体。天地好景，美不胜收。可叹自己命运不济，一介布衣，哪能融入如此画卷？他做梦都想改变自己，也想改变周围的环境，更想改变整个世道，解救苦难中的苍生。然而，想归想，做归做，年复一年，日复一日，马殷还是不知疲倦地打他的木器。

也许是天意吧？马殷盼望的机会来了。就像后来的朱元璋正好遇上元朝如苟延残喘的骆驼一般，他遇上了奄奄一息的唐朝末年，藩镇割据，战事不断，唐朝已名存实亡，"五代十国"开始并存。马殷看准了时机，于公元八百八十四年毅然应募从军，成为忠武决胜指挥使孙儒的部下，以勇武闻名军中。七年后，马殷随军进入湖南，操戈、挥刀、厮杀、斩将，征战数年，功绩卓著，迅速崛起。从别将军做到潭州刺史，从武将军节度使到楚王，雄国大略，霸候天下。公元九百二十七年，马殷在浏阳河畔建立了一个新的王朝，这个王朝就是楚国，为区分先秦楚国，故而又称为"马楚"，并首次将"潭州"改为"长沙"。

在浏阳河畔的东湖，有人发现了一段被荆棘遮盖、看上去并不起眼的土坎，专家前往考察，认定即为一千多年前马殷楚国政权的旧址，马殷的脚印，已经嵌入到了这片土地的底层。

我以前并未悉心考察过马楚历史，马殷，这个带有传奇色彩的人物现在突兀地站到了我面前。怀着对这一历史人物的崇敬，我特意查阅了大量相关资料，"土宇既广，乃养士息民"，短短几年，"马楚"已成为十国中的富国。马殷政治上采取上奉天子、下抚士民的保境息民政策，同时奉行奖励农桑、发展茶叶、倡导纺织、重视商业贸易，还利用湖南地处南方各政权中心的地理优势，大力发展与中原和周边的商业贸易，采取免收关税，鼓励进出口贸易，招徕各国商人。据《十国春秋·楚武穆王世家》载："是时王关市无征，四方商旅闻风辐。"当时武陵"权知潭州军府事"周行逢在取代马殷任潭州军府事以后说："我占有湖湘之地，兵强马壮……"有学者考证后认为，"湖湘"一词应起源于此。从马殷打拼天下的历史，我们可以品鉴出"吃得苦、耐得烦、霸得蛮"的湖湘精神；从马楚政权统治五十七年湖湘文化迅速发展的历史，我们可以推断出当时的湖南聚集了一大批文人高士。

湖湘精神影响着一代又一代人。历史翻过一页，又一页，不再回头。时至今日，我们站在全新的浏阳河畔，站在腾飞奋进的长沙，不能不对数百年前开创这片王国、拓展这片疆土的马殷顿生敬意。或许马殷就在附近的哪里徘徊？或许他的魂魄从未离开过这里？或许与我们今天在东湖邂逅？"那一界"的人，来到"这一界"，匪夷所思。半空中，我们仿佛听到他的声音在回旋，"是的，是的，其实我一直在这里！"是啊，长沙，对于马殷来说，既熟悉又陌生，他有感情、有寄托，因为他在这里流过热血、洒过汗水，他付出过、热爱过，他不能不相信，今日的长沙，岳麓巍峨，湘水汤汤；今日的长沙，政治清明，百姓安生；今日的长沙，高楼林立，霓虹闪烁；今日的长沙，疏阔静谧，密集热闹……他忍不住仰头大笑，笑得那样豪爽、豪迈、豪气，"这就是我当初打下的江山吗？实乃江山如画啊！"

芙蓉区东湖街道的尹书记热情接待了我们，他兴致勃勃地说，浏阳河九道湾发展建设有很多新设想，如修建定王思母台、汉桥、鹊桥、马楚文化园，筹划承办大型国际龙舟赛皮划艇赛帆船赛、承办国际园博会国际龙舟竞赛……我们从他自信坚毅的脸上可以看出新一代长沙人对未来的憧憬。今天，穿越时空，不虚此行，我们在枫叶飘红的马楚国徜徉，可以告慰众多亡灵的是，有了马楚，才有了长沙；有了长沙，才有了今日的大城雄起。作为长沙今天的主人，当可以邀请其创建者马殷来此一叙，请他品尝今天的浏阳河水，请他聆听一曲《又唱浏阳河》，请他从浏阳河东岸出发，乘坐穿过湘江的地铁，登临岳麓，俯瞰全城。

时光如水，山川依旧。历史每翻过一页，都会吟咏尘世之变。今天，我们可否代表浏阳河两岸的人，作一次世纪之邀约，请出马楚国曾经的主人马殷，来一个千年回眸的对话。

苍山松韵

　　山涧，流水潺潺；小路，绿苔绵绵。林荫路曲，流莺比邻。我常常喜欢站在山脚举目遥望蓝天，那湛蓝湛蓝的天空，应是我心灵的一方家园，我的心驻守在那里，年复一年，月复一月，日复一日。

　　五月，天气还有不稳定的时候，燠热了好些天竟然在一个晚上忽而凉爽起来。清晨，鸟儿清脆婉转的声音将我从香甜的梦中唤醒。心若兔动，忙披衣起身，信步徘徊于山脚。举目天边，恍若有察，心便在纯然的蓝里浸了良久。

　　我从山脚的低洼地里一步一步走到山腰，迎面有一种湿漉漉的气息穿过极细弱的一线晨光扑向我，那气息异样猛烈地扑打着我的面颊，丝丝凉意沁入心脾即刻直达骨髓。此时，听得身旁水声潺潺，见一淙溪流自山顶而下，清澈见底，从心中淌过时犹如一股轻风即刻将积郁的阴云驱散开去。刹那间生出"水流心不走，云在意俱远"的感悟，水动？风动？云动？心动？恍若眼前那条蜿蜒蛇行的山路与轻盈流畅的山风交互而成泼墨酣畅淋漓的笔锋，间有山石缀于左右，走笔点如山秃，摘如雨线，轻如云雾，纤如丝毫，去者如鸣风之游，来者如游女之入花林，如此好景，不得不让人深深沉醉于其中了。

伫立良久，仰望远方，遥见巍峨的高山矗立云端，黛色的青峰云雾缭绕，山形若隐若现，时若骏马奔腾，时若仙女下凡。最招眼的风景当属那郁郁松林，那一棵棵造型别致的苍松，昂首傲然立于山顶，枝叶茂盛，倔强遒劲，充满浑然的张力和勃勃的生气，于明洁亮丽的蔚蓝天空下站成一片浩然风景。苍松啊，我想象你是如何地执着于每日陪伴着夕阳收尽苍凉残照，同时又在酝酿明天燃烧着跃上山巅的灿烂朝晖。

就这样痴痴地流连于此，耳畔渐有名曲《听松》时隐时现，忽而如万马奔腾，忽而如雄亢军歌，让我想起了民族英雄岳飞正率兵顽强抗金；忽而如和风习习，忽而如温柔情语，让我沉醉于唐诗宋词隽永优美的意境里……人说天地万物皆有灵性，苍山之松，融蓝天郁郁陈色于一体，携青山层层淡彩于一身。我知你经年傲立于山巅，未免孤独，未免落寞，你时常有熔岩奔突的梦想和激情，你也有晚来风疾时的喟叹。在这样一个清丽的日子里，我似乎听到了你热切的呼唤，迎着你期待和热切的目光，走近了你。

你用你那扶风的枝叶如臂膀般拥我入怀，难道你就是我千年的等待和守候！我常常站在半山腰，抬头默默地望着在风中的你，孑然地傲立在山巅，风来时那样从容，雨来时那样潇洒，寒潮来时那样泰然，热流来时那样无畏。你雍容大度，坚定勇敢，是积聚了自然精华而成就了你自己的一分自信和三分傲气吗？但如何我又听到你低声的叹息和呻吟呢？是我的错觉吗？王充闾在他的《青山魂》中，写了一个存在于现实中的李白，还写了一个存在于诗意中的李白，存在于现实中的李白追求个体独立的生命价值而使他的一生充满着矛盾、挣扎和痛苦，以至于成为一个悲剧性的人物；存在于诗意中的李白正是那种超越现实的价值观给他的诗歌带来了巨大的魅力，成为一位后人无法逾越的"诗仙"。人生百年，松柏千年，总有风和日丽时的喜悦和欢乐，也总有风疾雨骤时的忧伤和沉郁。苍山之松，你可有知？

我想逸出被我自己拘囿很久的心的围城，我想借助清风的力量，飞奔到你面前，依偎在你身旁，想听你私语，听你为我轻吟缠绵的"秀林竹声"；想吹我的长笛，为你轻弄那千古的"高山流水"。我曾经如何感谢你用别致而瑰丽的文字织就出了何等美妙的秀林竹声！我曾经如醉如痴地沉浸在你那秀竹的柔美和苍松的壮美浑然一体的画面里了！忽而若小提琴的如诉如泣，忽而若大提琴的热烈亢奋；忽而若高山峻岭，忽而若流水涓涓。那样跳跃而灵动的优美旋律让我久久难以平静。我能够用心来感悟你的心灵，我也能够用心来品读你的心思，我知道你在静静地倾听着生命的绚烂多姿，倾听着生命因梦想而发出的悦耳音符，我也知道你一直在寻觅，寻觅属于你生命之弦的和音。

五月雨后的松林，明丽而蒙眬，充满着迷人的奥秘，像一片沙漠里的绿洲，像一个春天里的梦，像老人回忆中的青春。在我即将走出这片林子时，我看到蓝色的天空和白色的云交相辉映，整个苍穹藏着一种空荡的寂寞，而眼前这片苍劲的松林，为我们展示的是一个童话的王国，和那片秀美的竹林一起，起伏着惹眼的绿色。

晚起的太阳刚开始露脸，有点淡淡的忧伤，照到了松树伞一般的顶篷，一阵微风过来，颤动着满山的针叶。我转身往山下走时，禁不住还是停下来，为这片丰茂葱郁的松林而欣喜，感觉松林中的每一根针叶都在唱歌，热切而诗意地倾诉着爱恋、寂寞和向往，真想悄然地留下我的足迹，陪伴那一片松林、那一棵苍松、那一抹深绿……

流逝

　　久在红尘中奔忙的人也许会在一定的时候产生厌倦和困顿的感觉，常年若干单调乏味的事务性工作让你穷于应付也了无生趣。是日，当我困在文件和材料的围城里却不知道该如何解脱时，一串清脆悦耳的电话铃声将我的思绪暂时拉出来，是闺密涵子想约我出去走走，或许她和我一样想暂时放松一下？

　　我们携手走出庄重的办公大楼，心情顿时轻松多了。四处一看，明显地感到秋已经悄无声息溜走了若干日子。时令转眼到了初冬季节，色彩斑斓的蝴蝶早就死亡，很多树的叶子正纷纷飘落。我们踩着落叶一路走过去，足底发出吱呀吱呀的声音，我笑着对涵子说："这样很有诗意的，你感觉怎么样？"她开始"嗯"了一声表示赞同，接着又不无伤感地说："唉，只是心里有点难受似的……"我默然，明白是这样萧瑟的景色让她也有了时光流逝、青春不再的感慨，忙安慰她说："你看，前面的树林依然葱翠，我们去看看吧！"

　　我和涵子一直朝前走去，一棵棵高大的树尽管显得沉郁，但依然是翁郁的一种绿色，也许到了这个严峻的时候，才更加显出生命力的旺盛，冬天已经到了，可绿色还在坚持，等到风霜雨雪真正到来的时候，绿色还能够信守原来的那份诺言吗？

清冽的风扑面而来，身上顿时有点发冷。我们穿过树荫来到前面一个豁口，这里可能刚刚拆迁了多户人家，断垣残壁，满目疮痍，但见狼藉的废墟中，有一片菜地，一棵棵大白菜在阳光下绿油油地泛亮。今天的阳光格外温暖，似乎是我若干年里感到最温暖的一次，难道以往的阳光不会像今天这样温暖吗？不是的，只不过我在秋季里的心曾经被雨淋湿了而需要翻晒，是特定环境下一种特殊感受罢了。我看到涵子的脸上很快泛起红光，眼神特别明亮，人在风中更加妩媚了。我俩一起看着对面月湖公园高楼上那轮太阳，感到离我们很近很近，近得只要朝前再走几步，一定可以拥抱到它的。

太阳和高楼下是一条通衢大道，车流如织，人声喧闹。我和涵子都没有说话，我们所有的沉思，所有的默契，所有的渴望，都在此时融为一体了。突然，一种什么声音触动了我的神经，下意识地看了看周围，才发现右侧是一片荒芜的杂草堆，零星地开放着一丛丛细碎的淡蓝色小花，一只浅黄色的小猫正从里面钻出来妙呜妙呜地叫着，它定定地看着前面，歪斜着小脑袋，突然跃起身子扑过去抓起一杂什抱紧了在地下打滚，几秒钟后又放开玩物追着自己的尾巴转圈子玩，憨态可掬，煞是可爱。我和涵子都看呆了，想起这样专注地去看小猫玩儿都是小孩子的事了，童年的许多往事又一一浮现在眼前，多么亲切，多么让人回味！我看看涵子，她正看着小猫出神，还时时咯咯地笑出声来。见我愣愣地看着她，立刻回过神来，两个人大孩子般相视一笑，哈哈，乐开了。

"百岁光阴一梦蝶，重回首往事堪嗟"，在今天这样一个初冬的日子，我的嘴里怎么冒出马致远的曲句来了？看着眼前的落叶颇有几分失落，萌生出岁月流逝的感伤，好在今天的阳光暖暖地照着，心里又有了美好的希冀，明天尽管遥远，但我想继续走过去一定还有美丽的森林，太阳也一定会继续灿烂在我们的头顶。我真想拉起涵子的手说，不怕，我们就这样从容走过去，等到我们真老了的时候，我们还可以从记忆里找回今天的颜色，为我们布置一个依然美丽的黄昏。

　　碧水，黄叶，炊烟，夕阳，也许就是未来那个黄昏的颜色吧？

向一棵树倾诉

那些树已然长大，有人认识它们，说是樟树。它们各穷其态，有的张扬，有的收束。每一个清晨，每一个黄昏，樟树在阳光下微风中伸伸手、点点头，活力满满的。这些成长中的青葱樟树，来去匆匆的人通常会熟视无睹，习焉不察。我每天路过时却喜欢看看它们，有时候会莫名其妙冲它们笑笑。树，是我们生命中的滋润剂，是一个人灵魂安居的巢所。在我的身后，永远会是一片葱葱郁郁的树林，我的文字，总是在一片树林子穿行，细心的朋友早就发现，我常常成为树林的独行客，有人戏称是树林子里的"首席行者"。

"图腾"一词，来源于印第安语"otem"，是记载神的灵魂的载体，原始人认为，本氏族人都源于某种特定的物种。图腾崇拜是一种文化现象，这概念一直留在我心里。某一个瞬间，心里猛地一亮，随即冒出火花来，似乎心下明白，这辈子，也许树是我的祖先，树是我图腾崇拜的对象。或许，前生前世，我就是一棵树，我是树变的骨肉，树给了我一颗泵动的心脏。

我与树有着某种意义上的不解之缘。

　　我在一个旧院里长大，也在孤寂中长大，幸好，院子里树木成林，它们是我最好的伙伴。记得院子中间有一棵树，一棵颇有年轮的柚树，父母视其为院宝、家宝。虽然院子里到处都有树——橘树、梨树、桃子树、李子树，然而，设若没有这棵硕大的柚树，就如同一个人没有主心骨一样。父亲每次回家，都要给柚树上肥、剪枝，在他的精心护理下，柚树常年郁郁青青。等到秋天，柚子又大又甜，若干棵橘树围着它，红黄交错，堪为风景。邻居们来访，都可以吃上柚子与橘子，母亲还会给亲近的邻居送上一些，她亲自用篮子拎了去，或者吩咐我去送一送。

　　我还未上学时，父亲经常出差，母亲也要忙她的工作，我的童年生活就是与院子里的柚树、橘树为伴。百无聊赖时，一个人翻出浅绿色的流苏纱巾披在肩上，再在院子里采摘几朵月季花插在头上，学着戏里的女子，袅袅婷婷地围着柚树表演。累了，就坐在柚树下，一边与柚树说话，一边傻傻地看着门外，期待母亲快点回家。

　　后来，我们搬迁了，旧院被拆毁，柚树与橘树都被砍掉了，建起了一栋高楼。有次，我们推着腿伤的母亲从那里过路，看着墙内的高楼，母亲黯然落泪，她一定是牵挂和想念那棵树了？那些年，父亲常年在外，我每天要上学，病休很长时间的母亲与这棵树相依为命。她常常坐在树下，等我回家，等父亲回家。父亲回来后，也喜欢坐在树下，喝一口老酒，拉响他那把小京胡。很多年后，这棵树从未远离我的内心，曾经写下一首诗歌《再读柚树》，里面有两句："你把所有的情意给了我，过去；我把所有的记忆给了你，以后。"到底是写树还是写人呢？或者，二者兼而有之，或者，就是写我的母亲？

　　也许从那时候开始，我就与老柚树结下了不解之缘。然而，后来的日子总在漂泊中，我留不住时光，也留不住老柚树。冥冥之中，我对树的好感从未改变，看着树，一而安，再而恋，三而思。这些年，我见过黄山的树、大别山的树，张家界的树、岳麓山的树；见过罗马的树、瑞士的树、巴黎的树、英伦的树、曼谷的树、吴哥窟的树、奥地利的树、维也纳的树；还见过车窗外一晃而过的树，视其魁伟，望其威风，每一棵树都让我心旷神怡，倍感亲切。

走累了，我会坐在一棵树下小憩一会。有大树罩着，分外从容，不必担心有风雨袭击，也不怕骄阳似火。我相信树会保护我，不让我担惊受怕。与树在一起，周遭青青郁郁，素雅洁净，深吸一口气，做下吐纳功。当我站起身来时，我会怀抱着这棵树，用手轻轻抚摸着它因年轮而粗糙的树干，我仰望着它，枝叶浓密而看不到天空，只从缝隙中看到一小朵一小朵的白云。此刻，四周很安静，没人打搅我，如同活在古人的画卷里，想到元代张养浩的一句感叹："对这般景致，坐的，便无酒也令人醉。"这样心无挂碍地坐着，想起了佛主的拈花一笑，他一切看开后，什么都舍得放弃了，幸福随即而至。他为什么会坐于一棵树下大彻大悟呢？佛陀说："三千大千世界，所有草木丛林，稻麻竹苇，山石微尘，一物一数，作一恒河，一恒河沙，一沙一界，一界之内，一尘一劫，一劫之内，所积尘数，尽充为劫。"原来，能独喜世间草木，自会无人间烦忧。

驻足半晌，我想起这么多年为文，字数不多，字里行间都有树的影子，以树命名的就有《听树》《樟林深处》《苍山松韵》《关于一棵树的遐想》《仰望一棵树》《今天，我站成了一棵树》《再读柚树》《核桃树下》等等。虽然其中不乏详尽的描述，但多为泛泛而谈，其实完全可以将每一棵我关注的树描写得更加细腻周到。法布尔的《昆虫记》，精确记录了昆虫生命与生活习惯中的许多秘密。随便翻开一页，即可看到他记录得如何细致生动，比如他写小螳螂与写小蜥蜴："另一个爱吃嫩食的食客却不把小螳螂的威胁放在眼里。那是喜欢趴在朝阳墙壁上的小灰蜥蜴。这家伙不知怎样得到了打猎的消息，便在这里用它细细的舌尖，把从蚂蚁嘴里侥幸逃生的小虫子一个一个地舔入口中。"这段描写不仅将昆虫写得细致入微，而且用文学的手法，融入人类的动物的生存法则，又融入了文学的感性，是科学的理性与文学的感性结合最好的读本。我相信法布尔观察时是与小动物在说话的，所以那些小虫至今还神灵活现跃动在我们面前。

我始终想寻找一棵树，一棵可以倾诉的树，世界这么大，有没有一棵我可以一边流泪一边说话的树呢？我想一定会有的，只是可遇不可求吧？今年五月，我去了一趟东盟五国，随着团队，打一枪换一个地方，往前，往前，再往前。有一天，阳光与鸟鸣在空中一起响亮，我们来到了柬埔寨吴哥窟，一道明丽的护城河、一座葱郁的绿洲、五座金字坛，一起构成了吴哥窟的别致风景。车刚停稳，大家迫不及待跳下来，举目四望，眼前的景色让人倾倒，先别说那造型奇特的吴哥窟寺庙，就是周围的一片古老森林，会让你仿若置身于一个美妙无比的童话世界。一棵棵参天大树士兵般排列得整整齐齐，呈现出一种浩荡的雄风。除几声飞鸟清脆的声音掠过，寂然清空，令人情不自禁发一番绵渺的幽思。

随团游览完所有的景点，待众人都在喝椰子汁歇息时，我重返林子，但见四面岩壁环萦，一棵树，又一棵树，树与树自相掩蔽，不能一目尽也。我穿行于它们之间，聆听它们的声音，感受它们的气息。林子里人声杳然，我很想找一棵树，把我心里的话说给它听，相信它一定会听得懂的，天人合一，人与万物之间都有联系。就在我行走的过程中，我看到了一棵硕壮奇异的树，它造型别致，巍然屹立，站在树林的边缘，稍不留意，它会从你的眼前溜走。我怦然心动，即刻向它跑过去，抬头看到了它的树梢正与蔚蓝色的天空摩挲着。我环抱着这棵树，粗壮挺拔的树干，开合有致的枝叶，树皮不仅粗糙，还有很多结节，我感觉自己的手似乎进入一个凹陷处，于是，忙移步到树的那一面，果然，这棵树身体上有一些若隐若现的伤疤，还有几个排列不整齐的树洞。我心痛起来，从而也有些兴奋，叹道：相识晚也！倘不前往，焉知甚奇若此？树长这般，乃大自然匠心独运，有王者风范，苍劲中姿媚跃出。这恐怕就是我心目中的那棵树吧？它傲然孑然，挺拔坚韧，有过痛苦的经历或许更怀有善待万物的胸怀与爱心。

　　我开始与这棵树说起话来，说了很多，到底说了些什么，至今都忘了。就像电影《2046》里面的主人公那样，将自己的心事袒露给一棵树，然后将树洞用树叶盖上，相信这位远方的朋友不会嘲笑你，不会消费你，更不会出卖你。现在的人，都喜欢佛性生活，我不知道此刻依恋这棵遥远而陌生的树，一种忘我的心境，算不算是佛性生活？此刻，我想起了村上春树在《世界尽头与冷酷仙境》一书中的几句话："世上存在着不能流泪的悲哀，这种悲哀无法向人解释，即使解释人家也不会理解。它永远一成不变，如无风夜晚的雪花静静沉积在心底。"

　　数日后回家，仍然十分想念那棵树，那棵此生再也见不到的树，所谓一期一会吧？一夕坐于书房，回味无穷，写下一首诗来纪念我们的相遇与相聚，摘两段于此：

　　　　我学着电影里的人
　　　　与石洞、树洞耳语
　　　　满腹心事
　　　　欲与谁说
　　　　你不会外泄，不会出卖我的秘密
　　　　当然，我也没有秘密
　　　　只是知音不遇

　　　　古人说，欲将心事付瑶琴
　　　　我悄悄抚平你的洞口

没事人一样

对自己洒脱地笑笑

  我在脑子里搜索着关于树的印象与记忆，最先跳出来的是鲁迅先生写树的《秋夜》，有一句大家耳熟能详的话："我的后园有两棵树，一棵是枣树，还有一棵树还是枣树"，哦，是枣树，两棵枣树！它们虽然面对秋天的寒凉，面对深蓝冷峻的夜空，有茫然也有失落，但它们不寂寞，两棵树相依相伴，并肩战斗。到最后，鲁迅先生突然冷笑起来，这冷笑给我留下了深刻的印象，纳闷他为什么要冷笑呢？

  不管什么情形，我都不会惧怕。哪怕夜空更加冷峻，我也许会在鲁迅先生的冷笑中，感受到更多；哪怕寒夜再长、再寒冷，我相信有树的陪伴，我不会孤独，也不会怯弱。

  人生本是孤独的，世上并无太多的人理解你，若有什么话想说，或者遇上烦恼想一吐为快，最好的办法是去寻找一棵树，与之交谈，向它倾诉，或许，能卸下你沉甸甸的包袱，能打开你的心结，在你说完想说的话之后，会变得更加轻松怡然，从容自若。

第三辑　旅中留痕

二到吴淞口

很多年前，第一次赴上海参加一个会议，多少有些亢奋与激动。其间，会务组安排了几次考察学习活动，我们得以就近游览苏州、杭州等地的名胜景区，尽管虎丘和西湖等美不胜收的景色给我留下了深刻的印象，但最难忘的是那一日的黄浦江之游。

骄阳似火的日子，我们一行人上了观光的游船，黄浦江的一切都尽收眼底。游船启动之后，江风轻轻吹拂，心情极为放松。外滩那些造型别致的洋楼离我们越来越远，对面的浦东什么也没有，零零星星一些破旧的房子，看上去就像一块不毛之地。谁能料到它日后的飞速发展呢？

会友们倚靠在船栏边，江风拂面，极目远眺。会友们选定好景，争相拍照。那年我没带相机，被动地由人家友情邀请，偶尔留下弥足珍贵的瞬间。照片出来一看，头发在风中是蓬乱的，眼睛在阳光下是眯缝的，唯一欣慰的是脸上有种掩饰不住的快乐表情。

悠然地坐在游船上，一会和大家随意闲聊，一会和大家引吭高歌，在一直心向往之的黄浦江上游览，心旷神怡，十分惬意。对于当时一个只见过家乡小河的人来说,第一次出远门来到大上海,真有点刘姥姥进大观园的滋味,不由感慨万端:多宽广的大江!多壮观的美景!

游船航行了两个小时,到了著名的吴淞口,天水浑然一体,浩渺无边,你怎么可以分辨得出哪是水哪是天?在这一刹那间,我的心到了一个极度的兴奋点,全然不知世上还有什么烦恼、忧伤、痛苦?一大片白茫茫的天水充塞于我心间,不染一点点尘埃,那样的一种感受我至今无法用言语来表达,我真希望这船一直往前,最后融入大海……

船在吴淞口慢慢转了一大圈,开始掉头往回走了。说来也怪,去的时候觉得黄浦江十分宽阔,可是从吴淞口回来时,感觉怎么像进了一个小巷子?那么狭窄,狭窄得好像两岸都在挤压你的心脏,逼仄得你透不过气来。我突然悟到:原来世上很多种情况下,你对事物的感受,也许都是心在起作用,或者相形之下才能将事物看得更加明晰一点。黄浦江一游给我留下了极其深刻的印象,尤其是天水浑然的吴淞口更是一直驻扎在我的心里。

今年七月,我们全家又来到上海观光。先参观了豫园、外滩、南京路,还乘坐用现代科技手段建成的新鲜刺激的观光隧道到浦东,登上东方明珠电视塔俯瞰了整个上海。最后,在我的极力撺掇和鼓动下,我们一家人乘豪华游船游览了黄浦江,我特意买的是可以去吴淞口的票。一般的浦江游仅仅二十分钟,不尽兴,而这趟航行总共需要三个多小时。

我们的船票买在第二层,每张票比第一层贵了三十元,但很值得,可以更充分地观看浦江两岸的景色。在这个舱里,大多是外国人,我真不明白这些老外对我们的浦江怎么会产生如此大的兴趣?他们各抱了什么样的心态呢?

这次二到浦江,是否想重新找回当年的感觉,我自己心里也没有底,过去多年的感觉还可以重新拾回吗?等待吧,等待……

游船继续在江上航行,我取出家用摄像机把两岸风光都收进了我的镜头。当年码头上稀稀拉拉的船只，如今已经成倍增加，排列得满满当当，一路看过去，大小不一紧紧靠在一起，有客轮，有游轮，有货轮，有驳船，还有破旧的军舰。那些船的名字也很有特点，我记得有"长剑""法雨""锦河""震兴""君子兰"等等。这天气，本来很让人困顿的，可我不敢睡，唯恐错过了吴淞口。稍躺了下起来看时，江面越来越宽阔，我问掌舵的大姐，是不是快到吴淞口了？她指着前面的航标灯说，快了，过了那里就是。我开始兴奋起来，目不转睛地注视眼前的景象，水天茫茫的一片莫不就是当年所见的吴淞口？那个时候水面除了几只惊飞的白鸟外，什么也没有，现在怎么有了那么多的船只呢？

当我把心中的疑问对那大姐提出来时，她热情地告诉我说，那边看上去很热闹的地方就是吴淞口的长兴岛，上海就是由长兴、崇明、横沙三岛组成，长兴经济情况最好，不过，现在都并为崇明区了。听到这里，我恍然大悟，如今是经济时代，很多人事和景观今非昔比，我还用过去的眼光来探寻心中的吴淞口，自是太不合时宜了。

当年的景致如今已发生了巨大的变化，吴淞口的水不再沉寂，而是充满了生活的激情和渴望。它的自然属性正在逐步发生变化，商业气息会越来越浓。尽管当年我来吴淞口的兴奋点这次没有重新找到，但我实实在在看到了时代的变化已经蔓延到了国家的每一个地方，领头经济的何况是大上海呢。新的感受让我的兴致排空而来，很快，"二到吴淞口"的文字和感怀从我的指间流泻到了我的键盘。

黄山雨，黄山雾

　　镇江会议结束后，我们几个投缘的会友相约到黄山一游。到达山脚时正遇大雨，两天里只好郁闷地待在投宿的酒店，揣测天气会否有变化？我们中年纪稍长的那位老兄性子急一时没了耐心，保守地想说服我们打道回府算了。看着窗外屋檐水滴连成了线，我也有点动摇，又有几分不甘心，好不容易来此一趟难道就这样回去吗？大家你一言我一言，最后达成共识，决定不管天气怎么样都要上山。况且黄山本地人也宽慰我们说，黄山的天气经常是山上和山下不一样，山下大雨也许山上出太阳，山下阳光灿烂也许山上正好大雨滂沱。

　　我们急急地上商店买好了雨披雨鞋等即刻出发。上山的途径有两种，爬山或者坐缆车。我们三女四男，男的都比我们年纪大，偏偏几位先生豪气万丈地提议爬山，我们三个面面相觑，虽不是很情愿，却又不好意思说想坐缆车上，只好硬着头皮与他们一起登山。我自以为还是一个有意志的人，想趁此机会考验一下身体与意志，充满信心随着他们一步一个台阶往上登。

雨不断地下，披着雨衣也不管用，裤脚都被淋湿了，但一行人并不在乎，说说笑笑还很轻松。我们都希望真如黄山人说的那样，等我们到达山顶时太阳就出来了。我突然想起李建吾的《雨中登泰山》，作者认为雨天上山别有韵味，今天上山万一大雨不断，或许也是别样的感受吧？

　　爬到半山腰时，几个人都感到很疲倦，时不时停下来休息。雨却在这个时候渐渐小了，我们心里充满了光明就要来临的希望。这时，看到一个又一个的农人弯着身子挑着沉重的担子上山，每登一级石阶腿都在颤抖，他们每天都这样为山上的旅游商店和餐馆运送生活用品。都说山上的物品很贵，原来是这样由人工来输送，当然就很不容易了。看到雨水和汗水混在一起从他们脸上淌下来，我的心立刻收缩得有点紧，相形之下不免有些惭愧，接下来的步子似乎变得有劲多了。不过终归还是软了腿，走几步坐一回，走几步坐一回，大家的速度都放慢了。那位江西来的大哥知道我身体正有些不适，抓过我身上的小包往肩上一搭，虽然减了我的负担可我还是觉得腿不听使唤，膝盖骨一屈一伸都变成很机械的动作。这样艰难的情形直到后来读到王跃文一篇描述爬黄山的文章，了解到他和何立伟等人当时也是苦不堪言，最让人忍俊不禁的是一碗平时不起眼的方便面在半山腰何其珍贵，我方知道爬黄山确实是需要勇气和毅力的。

　　膝盖还在机械性地继续屈伸，雨渐渐小了，眼前朦胧可见郁郁青青的山峰和树梢。想起一位黄山司机的话"几棵松树几根草，害得游人满山跑"，对于黄山本地人来说，黄山也许确实太过寻常没什么看头，而对于旅游者来说，黄山却是不可错过的景观。当我们爬上一大半时，雨基本停了，前面的山峰飘浮着大团大团的白色云雾，形状千变万化，忽而像马，忽而类犬，忽而如泼墨山水画，忽而似飘散的一缕青烟……山峰和树梢也于其中"偶尔露峥嵘"。我们聚在一起，默默地观赏着这迷人的景色，欣欣然，情绪完全被调动起来，山谷里回荡着我们快乐的笑声和歌声，大家纷纷取出相机啪啪地做出姿态抢起镜头来。个人留影完成后，风雨同行的七个人相扶一起，请路过的游客给我们留了一张背景弥漫着山雾的珍贵合影。

经过一片松林时，阳光正从树的缝隙照射进来，山里的一切都渐渐明朗了，又听附近有潺潺的水声，所有的沉寂此刻都发生了变化。我当即改造了一句古诗朗声吟咏：阳光松间照，清泉石上流。

穿行在雾和阳光之中，我们在耗尽了所有的气力之后，终于到达了黄山之巅光明顶，在那一块硕大的青色秃石上，或站或坐了许多的人，阳光正炽烈地照耀着，每个人的脸上都洋溢着满足的笑意，一个接一个地靠在书有"光明顶"三个红色大字的石柱边拍照。陕西的何桑和山西的小妹都穿着红色衣服，我们仨紧挨在一起请江西的大哥为我们拍下这来之不易的镜头。经过了雨和雾的侵扰和考验，我们在黄山葱翠的背景中，在适时而来的阳光中，脸上的笑容应该是另外一种景色了。最后与那棵著名的"迎客松"拥抱在一起时，我们的黄山之旅算是打上了一个圆满的句号。

寻访曾国藩故居

　　提到湖南的大人物，怎么样都绕不开曾国藩，他是毛泽东和蒋介石都十分推崇的人。历史上这位毁誉参半、颇有争议的曾文正公，我零零星星看过一些有关他的评论，读了著名作家唐浩明先生厚厚的三大本历史小说《曾国藩》，出于对他的仰慕，早些天前往娄底市双峰县荷叶镇寻访曾国藩的故居。

　　怀邵公路来来去去走过很多趟，这次从贵州镇远游玩后返回长沙时，未曾计划去参观曾国藩故居，然车行至娄底境内时，一块硕大的"曾国藩故居"路牌迎面而来，当车离出口处五百米时，我心生一念，可否去寻访一番曾国藩故居？这念头还是来迟了一点，一踌躇间车就快速冒过了那块路牌，越往前走心就越失落——任何事情一旦起了心就希望能够遂愿。"司机"见我一直念叨着，很是抱歉，答应到前面的"水府庙"服务区午餐后再掉头返往娄底方向。

　　一行人吃过午餐，从水府庙往前开了八公里之后再掉头回到"曾国藩故居"路牌出口处，从这儿转出去经过收费站继续朝前，大约半小时之后，就到了娄底的双峰县城。第一次来这里，比我想象的要好多了，县城布局规整，市容洁净美观，心情豁然开朗。行至双峰县城外郊，看到右侧有一条不很平整的公路，路口挂了一条横幅，上书"隆重纪念曾国藩诞辰两百周年"。经当地人热心指点，曾国藩故居就是从这条路进去。

天气晴朗，微风拂面，虽然通往曾国藩故居的路凹凸不平，一路颠簸，但既然是自己执意要去的地方，也就没有任何怨言了。据当地人介绍，到达目的地荷叶镇一共有三十八公里，眼看已经是下午四点多了，可车速无法快起来，"司机"善解人意，尽量加大马力想早点赶到。原计划去那里看看故居之后，争取晚上赶回长沙。二十来分钟之后，山中的景象逐渐暗淡，山雾缭绕，水生烟云。时值七月半，心下有些疑虑，也有些忐忑，不知道冥冥中是不是真有神灵幽魂？

都说人算不如天算，确实如此！越想赶早越出问题。正惴惴不安时，车突然减速，然后软绵绵地停下来，"司机"察觉情况异常，赶忙跳下车去检查，我感到情况有些不对，也跟着下车，只见右侧前后两个车轮都瘪了，车身微微右倾，看来麻烦大了！而此时已经快四点了，山里的天色有些昏暗，怎么办呢？"司机"立刻给保险公司拨打电话，请求出面解决。不过，一般情况下给车买保险都不会买轮胎，尽管保险公司及时联系到了修理人员，在那个前不着村后不着店的地方等了好久才等到两个年轻师傅，他们拆走了轮胎带回去，过了很久才送来两个新轮胎换上，整整折腾了四个多小时，总算重新上路。

此时，太阳西沉，暮色四合，天很快黑下来，山里的雾气越来越重，我心里的疑团越来越多。一路听到烧包祭祖的鞭炮声不断，想到这次路遇的不顺，莫非真如人说的鬼节期间最好不要出门吗？突然想起看过的一部香港鬼片，眼前不断地闪出许多恐怖镜头，令人毛骨悚然。车在盘山公路绕来绕去，前面是黑灯瞎火的一片，少有人声，我的心不由得紧紧地提了上来，虽然从来是个唯物主义者，但民间的一些说法有时候也会左右人的情绪。转念一想，曾国藩故居来之不易，要付出一定的代价才行，难道是老先生故意要考验我们的诚意不成？两个来小时之后，我们总算平安到达目的地，悬着的那颗心也慢慢放下来了。找到一家饭店草草填了肚子，然后歇下，许是太疲倦了吧，竟然一夜无梦。

次日上午，我们参观了曾国藩故居富厚堂。导游小周告诉我们，曾国藩的祖宅本在湘江支流涓水河源头的白玉堂，富厚堂是曾国藩的弟弟后来建造的。富厚堂的地理位置选择得非常理想，前面一大片开阔地，近前有一片绿意浓浓的荷塘，难怪这里就叫"荷叶镇"呢，据说有两个原因，一为满眼都是荷叶，二为站在高处俯视，看上去很像一片张开的荷叶。后面有连绵的高山，从风水的角度来分析，真是一块难得的宝地。据载富厚堂始建于清同治四年（公元 1865 年），是一个以木质结构为主的大院子，周周正正的，整个建筑看上去很有点像北京的四合院，三面都是当年"原装"，仅一面因为"文革"期间遭到人为的破坏，后来才重新修建。富厚堂总体分为门前的半月塘、门楼、八本堂主楼和公记、朴记、方记三座藏书楼、荷花池、后山的鸟鹤楼、棋亭、存朴亭，还有思云馆，占地面积为四万多平方米，建筑面积为一万平方米。现在这里被定为全国文物重点保护单位，国家四 A 级旅游景区。在导游小周的导引下，我们主要参观了院内的藏书楼和院外的思云馆。

富厚堂内最精彩的部分就是藏书楼，一共有三层，这里曾藏书达三十多万卷，系全国保存完好的最大的私家藏书楼之一。我们从正楼的左侧上了藏书楼，到二楼和三楼，分别参观了曾国藩和他长子曾纪泽的藏书室，如今只摆放着稀稀落落几本书的空架子，导游说，书已经由国家收藏起来了，至于现在到底存放在哪里，我也顾不上去问仔细。说起来自己也算是个"书生"，读书、藏书、教书、写书，对书的钟爱自然甚于其他，这会儿我倚靠在藏书楼的窗口，远望着窗外一望无际的荷叶，留下了一个珍贵的镜头。

从藏书楼出来后，我们从院子左侧拾级而上，经过后山一条用石头砌成的小路，准备去参观思云馆。导游小周在路上绘声绘色给我讲了一个当地民众流传的故事，说曾国藩其实天赋不是很高，少年在家读书时，虽然十分刻苦，但学习效果欠佳。有一个晚上，全家人都睡着了，宽敞的大院里只有他的书房还亮着灯。正巧有个窃贼蛰伏在他们大院的角落，想等所有人熟睡之后好实施他的偷盗计划。哪知道曾国藩正在用心背诵范仲淹的《岳阳楼记》，一遍又一遍，老是背不下来。那梁上君子未免烦躁，眼看天就要亮了，他在心里恨恨地骂起曾国藩来："你真是个蠢人啊，这文章我听你读了两遍之后，都能够背下了，你怎么还背不下来？笨！"最后只好无奈地离去。我读过有关曾国藩的传记，书里说到过曾国藩曾经五次考秀才都名落孙山，第六次得了"半个秀才"，第七次终于中了秀才：又一年，中举人；又一年，点翰林，从此飞黄腾达，封侯拜相。

思云馆的气氛似乎很是肃穆，正面有曾国藩的一座铜像，表情深沉凝重，让人一走进去便进入某种特定的氛围，所有的游客都十分虔诚地烧上一炷香在铜像前拜上一拜。馆内有一副对联："战战兢兢，生时不忘地狱，坦坦荡荡，逆境亦畅天怀"，还有一副对联："不怨不尤，但反身争个一僻静，勿忘勿助，看平地长得万丈高"，用心品味咀嚼这里面的内涵，感觉读出了曾国藩的一种心态，读出了曾国藩对世界和自身的看法，总的精神与诸葛亮的"非淡泊无以明志，非宁静无以至远"有异曲同工之妙。导游小周来到我们面前介绍说，思云馆是咸丰七年曾国藩回家为父亲守孝时亲自监建的。我们看到陈列馆墙上的有关说明，曾国藩一生先后受到儒家、法家和道家的影响，其人生不同阶段的所为都有哲学思想作指导。后来读到张宏杰《曾国藩的正面与侧面》一书，详细地了解到，咸丰七年，是曾国藩一生中最困难的时候，此时他创立的湘军已经转战三载，屡立战功，但处境却越来越难：由于皇帝对他抱有防范心理，不愿意给他督抚地位，使他领兵三载，一直孤悬客处，用兵、用人、用饷均无处不难。特别是在江西期间，由于手中没有行政权力，虽然湘军为江西保卫战终日苦战，仍然被江西通省认为是增加了额外负担，始终受到官僚大吏们的排挤和刁难。在这样的凄风苦雨中，曾国藩举步维艰、心力交瘁、郁愤满怀、走投无路，几令他精神崩溃，以至于在给人的书信中这样说："所至龃龉，百不遂志。今计日且死矣，君他日志墓，如不为我一鸣此屈，泉下不瞑目也。"恰好在这样的时候，一纸家书传来，父亲去世，曾国藩如遇大赦，迅速将军务事宜交给他人，给朝廷送上一封陈请开缺的奏折，尚未等到皇帝的批复，即启程返家为父亲治丧。

曾国藩此举虽然得到了他很多朋友的理解和抚慰，但是同为中兴名将的左宗棠却寄来一信，对自己的朋友曾国藩加以严厉批评，左宗棠从儒家伦理原则的高度，认为曾国藩此时卸任归家是对国家不忠不义的表现，还在很多场合诋毁他，这无疑是给曾国藩伤口上撒盐，他心里很难过，不予理睬也不回复，与左宗棠暂时音书断绝。一段时间后，曾国藩还是主动伸出复合之手给左宗棠写了一信请弟弟转交，左宗棠后来也意识到了自己的不是，马上回信给曾国藩作了诚挚的自我批评，两人中断了一年多的书信又从而恢复。

就是在这一次为父亲守孝期间，曾国藩通过一年多安静的反思和自省，慢慢调整心绪，意识到过往的不足，从这以后，曾国藩面目大变，性情由直率刚烈改为圆通和气、内敛平和。等到战局紧张时，皇帝不得不命曾国藩重新出山，而这一次出山之后，曾国藩的境遇大变，由逆境转为顺境，所向披靡，战功累累，其人生真正步入了辉煌。从中可见，任何人的成功都不是一蹴而就的，须经过很多的艰难曲折、大起大落，在你以为找不到出路的时候，往往又会柳暗花明、峰回路转，曾国藩的一生能给人一种哲学上的启迪，昭示人们身处低谷和逆境时切不可灰心丧气、意志消沉，前路，也许芳菲无限。

从思云馆转回来准备离开曾国藩故居时，我又在富厚堂内的八本堂门前站立良久，用心记下了悬于上方一块大牌子上整整齐齐、端端正正的几行字，其中包含了曾国藩在修身养性、为人处世上涉及的很多方面，于他自己以及受其影响的后来者而言都是有所裨益的，难怪曾国藩家族中有好几十人相继成为国家各个领域的人才。谨记于此以自勉或与朋友互勉：

读古书以训诂为本，做诗文以声调为主。
事亲以保欢心为本，养生以少恼怒为本。
立身以不妄语为本，居家以不晏起为本。
居官以不要钱为本，行军以不扰民为本。

南岳观日出

　　近日连续放晴，稍有空闲，几个朋友琢磨着年前去哪里走走散散心就好。有人提议两年前去南岳时曾到庙里为家人祈愿，如今心愿已遂，一家人顺风顺水的，按一般的说法须前往还愿才是，何不趁此机会重返南岳一趟？这主意说出来一拍即合，我们择日乘高铁到了衡山西。先到南岳山脚的大庙，该拜的都拜了，然后在当地人的建议下，准备上山过夜，方便次日在山顶观日出。

　　经人介绍，山上下来一辆车接我们，司机是户主，也即一农家乐老板，看上去性格开朗，一路有说有笑，给人感觉很不错。大约二十来分钟之后，我们便到了这户农家。

　　老板娘出来热情地迎接我们，她指着门前坪子里一间小屋说："我正在熏腊肉，这猪是喂酒糟长大的，不喂饲料，你们如果想吃，尽管放心。"她又指着屋边坎下的一群鸡说："我们还养有土鸡，你们要不要预订一只？"我们问多少钱一斤，她伸出手指说了个数字，价格不菲，"不过，要等到天黑后鸡上树了才能抓到。"我惊讶地问："鸡会上树吗？"

老板娘点点头说："是啊，它们一直都是在树上睡觉的。"

晚饭还需要一段时间，我们先去了不远处的"南岳忠烈祠"，这是为纪念在衡阳保卫战中为国英勇捐躯的将士而建的祠宇，据说是 1938 年筹备，1940 年动工，1943 告竣，仿造南京中山陵形状依山修建。祠宇四周还建有十三座烈士墓，是国内规模最大的抗战烈士纪念陵园。我默默地站立在纪念碑前，想象着当年那场激烈的战斗，何顿的长篇小说《湖南骡子》就是以此为背景的，他用这本书还原了一段历史真相，让更多的人了解到这场战斗显示出来的舍生取义之爱国精神。

从忠烈祠回来，主人已经将饭菜做好了，一盘腊肉炒干萝卜丁，一盆水煮鱼，一碗炒土鸡。饭后在农家周围走走，发现每一棵树都栖息好几只母鸡，约几十只分散于若干棵树上，主人说它们一直都是这样。怪呢，鸟儿一般，那微微颤动的细枝……

这户人家位于南岳半山腰，我们与店主人约好，明日早上五点起床，他送我们上山去。我平时睡得比较晚，大冷天的，最怕早起，得早睡才行。躺在床上担心睡不好，哪知道没几分钟便酣然入睡。

清晨四点，我就醒了，看看手机，还有一个小时，又安心躺下，却再没睡着。五点时，店老板来叫门，我们收拾一番，坐上了他的车。车在夜色中蜿蜒前往，约半小时就到了南天门。下车后，一股冷风扑面而来，不由一个寒噤。紧紧身子，顶着寒风，勇毅地向祝融峰攀登。

数年前，曾与一群朋友相约来南岳看日出，恰天公不作美，细雨霏霏，未能遂愿，心里总是个结。今天这般冰天雪地，寒风刺骨，竟义无反顾地过来，希望了一个心愿。

身旁一群广东青年的口音，一问，才知道是专程来此观日出的。终于到了南岳最高峰祝融峰，起始，大雾，太阳久不出来，有些人受不住冻匆匆逃离。我们仍坚持站在原地，耐心等待，搓手、跺脚、哈气、眼睛时时盯着天边看。天淡蓝淡蓝的，一弯冷月高悬夜空，一群又一群穿戴严实的人搓着手哈着气，跳跳蹦蹦，不停地拍照。就在大家遗憾今天看不到日出时，未曾想刹那间，大雾散尽，红日喷薄！

在佛罗伦萨寻找大卫

到罗马的第二天，又是早早醒了。推开窗户，晨光初露，看到那位年近六十的司机麦克正提着水桶和拖把，在里里外外打扫我们乘坐的大巴车。他的动作利索迅捷，像是在吟诵一首熟练的诗歌。我心里一动，忙取出手机拍下了眼前的瞬间。后来听导游赵亮说，这位来自匈牙利的麦克真不简单，家里养有七个儿女，请了四个保姆照料，仅靠他一个人的收入维持全家所有的开支。原来，国外的普通劳动者也这么强悍这么顾家。

八点半准时出发。这一程是去参观世界著名艺术中心——佛罗伦萨。临走时，我顺便带上一本巧玲正读着的《在浮世》，甫一坐定便迫不及待看起来。开篇写道："生命有很多不解之谜。古往今来，人们不停地追问着，我是谁？我从哪里来？我到哪里去，这是人类永恒的困惑，也是每个人无法逃避的终极问题。"当我正随着作者的发问在思考"我是谁？我从哪里来？我到哪里去？"时，侯团长起身面带微笑地说："昨天部分团友已经作了自我介绍，大家很快地从陌生到熟悉。那么，现在请还没有发言的继续昨天的话题吧！"团友们马上积极响应，他们说话的内容丰富多彩，说话的风格灵活多变。有的豪爽激扬，如高山大川；有的温婉娴静，如小桥流水。有的感怀眼前即兴抒怀，有的认真演练即将上台的演讲。不管什么职业，不管来自哪里，一个个神情自若，侃侃而谈，妙语连珠，直抵人心。我暗自感慨，不愧是"中国梦"赴欧演讲艺术团，吸纳了全国众多高手、八方人才啊！其中有两对相扶相携、相依相偎的夫妇同时出来说话，给我留下了极深的印象，一是来自广东顺德的朱新民、雷晓云夫妇，他俩为了刚刚闭幕的中国演讲艺术节，连续几个月操心费力、殚精竭虑，一个说伤了嗓子，一个走伤了腿；另一对山水画家胥力浦、漆一蓉夫妇，他俩是马航的幸运者——谁在冥冥中护佑着他们？本来定好了票却因故改签，躲过一场大劫。团里还有一位叫李翠珍的山水画家，也与他们同为马航的幸运者。

佛罗伦萨是意大利中部的一个城市，中国诗人徐志摩曾将之翻译为"翡冷翠"，他写过一首脍炙人口的诗歌《翡冷翠的一夜》，表现了客居异地的孤寂以及对恋人的思念。如今来到这里，一种亲切感油然而生。据资料介绍，佛罗伦萨十五到十六世纪是欧洲最著名的艺术中心，也是欧洲文艺复兴时期的文化中心，最为辉煌的时候是文艺复兴时期，当时积聚在此的名人众多，有达·芬奇、但丁、伽利略、拉斐尔、米开朗基罗等，这些杰出的艺术家创造了大量闪耀着时代光芒的建筑、雕塑和绘画作品，从而铸就了佛罗伦萨文艺复兴的辉煌。

佛罗伦萨老城十分干净，纤尘不染，扑面而来的都是非凡的艺术作品，一件件精雕细琢，造型各异。从其线条到表情，你能体味到这里的艺术作品大气雄浑，像一座座高山，林林总总排列在一起，谓之艺术之城确实是名副其实。置身其间，"中国梦"演讲团每一个成员的内心都会激荡出层层涟漪，几位资深演讲家，站在市政厅宽敞的门前，面对春风满面的人们，迅速拉开团旗作即兴演讲。他们从佛罗伦萨的艺术作品谈到欧洲艺术，从欧洲艺术谈到中国艺术，从中国艺术谈到中国文化，从中国文化谈到中国的复兴大梦，可谓汪洋恣肆，意气飞扬，充分展现出当今中国人的神采与风貌。我发现身边的人渐渐多起来，也许外国友人并未听懂我们在说什么，但他们可以读懂我们的情绪，读懂我们的表情，读懂我们的友好。可惜我不能清晰地记下几位演讲家精彩绝伦的辞章，只有一张张被艺术浸染的脸依然留在我的记忆深处。在佛罗伦萨城内转悠，团友们被快乐所包围，三三两两地站在诸多雕塑面前，摆出各种 POSE 拍照留念，还有的精心拍摄视频，希冀带回家之后再细细品味。

从这一头走到那一头，几乎所有的雕塑我都细细地欣赏了，很多我叫不出名字来，明明也清楚在这样一流的艺术长廊中势必会有各自的一席之地，可见茫茫人海中若想被人记住并非易事，能够千古流芳的更是寥若晨星。走来走去，我在寻找一个响亮的名字，一个众人皆知的名字——大卫。在佛罗伦萨城中神一般的艺术雕像群中，你在哪里呢？难道是我错过了吗？

是我着急了一点，其实团队的组织者自有周到的安排。在佛罗伦萨城待了几个小时后，车将我们带至佛罗伦萨的"老桥"，在那里，中国梦演讲团被热情的外国朋友包围了，他们争先恐后在我们团旗上签下自己的名字，并主动要求与我们合影。这些感人的镜头被团里很多人留下了。从"老桥"出来，随后赶赴另一重要处所——著名的米开朗基罗广场。有人说过，阅读一个国家的文明只须阅读它的广场。跳下车的刹那，远远看到高高耸立的一座雕像，偌大的广场仅这一座雕像，哦，这不就是我们所熟悉的大卫吗？原来他就在这里！其实，这是大卫雕像的复制品，正品则收藏在佛罗伦萨美术学院。我愣愣地站着，站在青绿色的大卫全身雕像前，看他健美的身姿，看他精致的五官，看他卷曲的头发，看他欲说还休的表情，还有……所有的一切都那么尽善尽美！真正体现出了唯美主义的所有标准。大卫的雕塑是佛罗伦萨这座城市的地标，可惜大卫高高在上，只能仰视，无法企及，否则，或许可以来个中国式拥抱？

团友们齐聚在大卫像下，拉开那面绿色的条幅，上面书有"同一个世界，同一个梦想"，随着中国演讲协会常务副会长颜永平先生倒数到"七"时，全体绽放出满面笑容，留下了在佛罗伦萨的最后一张合影。

夕阳西斜，暮色四合。在离开米开朗基罗广场时，我买了一尊大卫的半身石膏像，沉沉的，小心翼翼放进包里，有一种说不清楚的满足感。大卫，女人心目中的男神，我今天算是找到你了！在遥远的欧洲，在你的家乡佛罗伦萨。

米兰的旋律

关于米兰，印象最深的当属"AC米兰"。足球对于女流之辈来说大多是个盲区，但"AC米兰"实在也叫得太响了吧？

米兰是意大利第二大城市，我们刚抵达就直接来到市中心广场。广场入口处矗立着一个绿莹莹毛茸茸的大苹果，另一边则矗立着一座骑士挥鞭策马的雕塑。看上去这里似乎没有其他几个城市的广场热闹，但从来来往往行人恬静安然的表情中，可以觉察到米兰借助所处的地理位置打造了自身的文化、艺术、商业与休闲特色，可以感受到一种既凝重又轻快的内在旋律，故而一直成为人们向往的地方。站在广场中间，阳光直射头顶，就是太阳伞、太阳帽和太阳镜全副武装，仍然挡不住强烈的烘热与辐射。对于欧洲这样特会纠缠人的阳光，你越想逃，越是无处可逃。

像前几天一样，演讲团成员们迅速拉开团旗与横幅，站成两排合影留念。我后来在照片上看到一位米兰的年轻小伙子站在我们队伍后面，笑容可掬的样子，煞是可爱。

名闻遐迩的米兰大教堂位于广场入口处右侧，门窗数量由下至上依次递减。从视觉效果看，可谓造型别致、精雕细刻，甚至有些铺张奢费，扑入眼帘的都是尖拱、壁柱、花窗棂等。塔顶上还有一尊圣母玛利亚雕像，光彩夺目，庄重神奇。据说大教堂共有 135 个尖塔，有人形容说，"像浓密的塔林刺向天空"。因全由白色大理石筑成，故而被誉为"大理石山"。我不太明白这座教堂怎么竟然修了达五个世纪之久？

讲解员说，第一层的五扇门，延至拿破仑时代才最后得以完成，拿破仑曾于 1805 年在这里举行加冕仪式。站在中间那扇最大的门前，你不能不被眼前的景观所触动，形貌各异、栩栩如生的人物群雕，共由两千多个雕像组成，从他们的表情和动作看，一定在叙述着流传已久的传奇故事，只是，我们没必要、也没时间来考古罢了。

群雕中有一个人物的腿软软地松下来，大概很容易被来此拍照的游人拖住，握得锃亮锃亮闪闪发光。历史是厚重皱褶、丰裕富饶的，以至于观者站在历史面前，几乎快要忘了历史。我不能不慨叹，拿破仑的强大，就在于欧洲的一个又一个地方，镶嵌着他璀璨的功绩，一个又一个场所，弥漫着他细微的气息，容不得你愿不愿意接受。看着眼前那一长溜队伍缓缓涌进门内，我始料未及地倦怠起来，或者，不想去轻易冒犯那份厚重的历史吧？在我的观念中，历史总是跟不上时代发展的脚步，甚而会故意绕开我们目之所及的地方，有时候，历史需要隐藏点什么，并不需要完全大白于天下。故此便有了"历史就像小姑娘，想怎么打扮就怎么打扮"的说法。这话是不是有失偏颇呢？不管了，我还是循着自己内心的声音吧，停下我的脚步，不再去挤那长长的队伍。

咔嚓咔嚓，还是拍照。就像有人说的那样：我们总是过于匆忙，似乎总是要赶到哪个地方去，急急忙忙跑完地图上标示的所有风景点，到一处，咔嚓咔嚓，再到一处，咔嚓咔嚓，然后带回一沓沓可以炫示于人的照片。这样的说法明显带有批判的口吻，但世人即使认可也无法遏止自己对于新景点的一份热情与兴趣。

我们坚持站在广场中，与阳光抗衡了一会儿后，到底还是敌不过地挂了白旗，踅进米兰大教堂右侧的商业街。米兰素有"世界时尚之都"之美誉，眼前的蒙特拿破仑大街时装店举世闻名，埃马努埃莱二世长廊，是世界上最古老的购物中心。我们从白色廊柱、拱形天窗的宽敞甬道往里走，满眼除了橱窗还是橱窗，那些衣着或高贵或华丽的模特，似曾相识，他们安静地站着，眼神怪异地看着行人，似笑非笑。一路走过去，感到有些乏了，在商业街的圆凳上坐下来。

身旁一对老年夫妇，只顾两个人嘀嘀咕咕面对大街那一头说话，却冷落了他们身后的一条褐色小哈皮狗。小狗吐着长长的舌头，很不耐烦地喘着气，好像在闷闷地与主人较劲呢。我和王婷见它那无奈的样子，觉着好玩极了，咔嚓咔嚓拍下了两张特写镜头。

徐佐林和郑宏彪两位大校也过来了，招呼我们一起往前走。走不多远时，听到有音乐声悠然响起，哦，看看去吧！在哪里呢？循声走近，看到一个"圆庐"，我们好奇地走进去了，只见若干幅动态照片装饰着这个"圆庐"的背景，不停地有人出出进进。两位大校刚一站定，便面对人群开始即兴演讲，王婷也参与进来，他们热情洋溢地宣传中国文化。听着听着，我的情绪也很快被激发出来，取出带来的几条漂亮围巾，轮换着披在肩上，展开双臂改变着姿态大声演说起来。我的耳边盘旋着激越的音乐，瞬间有点跃跃欲飞的感觉，徐大校马上给我"咔嚓"下了一个个难得的瞬间。看着相机里颇有几分张扬的自己，不知道该给个怎样的评价？擦亮我词库中的所有词语，让它们纷纷跳将出来，客观而真实地记录下我此刻的心情。

从"圆庐"出来后，从什么地方传来悠扬的歌声，我们驻足听了一会儿，好像是歌剧《蝴蝶夫人》的插曲"晴朗的一天"，后面又好像穿插了节奏明快的《女神之舞》。意大利的歌剧闻名世界，米兰是歌剧的中心，莫非著名的斯卡拉大剧院就在前面？我们继续往前走去，希望能在这里看上一场《茶花女》，或是《瓦莉》。孰料等我们走出长长的街道，还是没能找到歌剧院，只听到那悠扬缥缈的歌声，久久飘荡在米兰的空中。

看看手机，快到集合的时间了，我们心有不甘地折身往回走。王婷的手机突然响起了音乐，有如米兰的旋律，既厚重内敛，又轻快昂扬，听起来有点儿陌生又有点儿亲切，她颇感诧异，拿着手机拨弄来拨弄去，想把这不明不白的声音关掉。我若有所悟，笑着对她说，没事没事，这个自天而降的音乐来得真是时候啊，也许看到我们没有找到歌剧院，没能看上一场歌剧，老天特意给点补偿馈赠一份礼物吧……

世上的万千事物，我们有时一无所知，有时又可以随时感知。

法国第戎印象

　　我们此次欧洲之行，所有计划中的景点都为我所关注，且总在期待中，唯独这个"第戎"，似乎显得不那么起眼。地接游赵亮介绍说，第戎位于法国东部，距巴黎东南 270 公里，为科多尔省的省会，有港口，有铁路，有大学，是法国东部重要的经济、文化、交通和教育中心。

　　第戎大约建于罗马时代，以教堂与博物馆为主，是一个遍布着文化遗产的艺术之城、一个世界闻名的美食之城，一个日益繁华的商业中心。听到这里，亚芬姐补充说，第戎还是法国勃艮第葡萄酒产区呢，几年前我来时，大家都让我带点葡萄酒回去。这下我才明白，既然此次的行程将第戎列入一个点，看来是有其道理的。

　　漫步于第戎市区，感觉整个格调颇具古城风味。赵亮继续介绍说，你们现在看到的很多建筑与豪宅，都是历代勃艮第公爵遗留下来的。还真是源远流长了，难怪看上去所有的房屋都显得有些陈旧。尽管如此，它却以其完美的建筑与雕塑，为这个城市平添了迷人的风采、神韵与文化品位。

风过无痕，光线柔和。我们不紧不慢地走着，感觉这个清晨特别美好。一座城市与另一座城市总有不同，就像一片树叶与另一片树叶不尽相同一样。世界上有多少个城市，就有多少种生活。第戎，是一个怎样的城市呢？第戎的人，会有怎样的生活？你看看眼前来来去去的人，就知道他们也许过着与我们不一样的生活。从表面上看，这座城市安静得令人心醉，听不到任何嘈杂与喧闹。走过一个又一个路口，发现所有的街道都不宽，汽车一辆接一辆地停靠在路的左边，右边都是人行道。街上行人很少，流动的车更少，有的房子挨得很紧，若是抬眼往上看，好像把天空切割得只剩下一小块了。

　　偶尔看到一簇绿色，从紧闭的院墙中伸出来，涂抹在一片灰褐色中，虽显得有几分招摇，却又让人眼前一亮。团友们心情大好，一路说笑着往前走。

　　我被动地随着队伍朝前走，不停地走，经过几个街口，来到市政广场。这个广场不是很大，环绕着的多是些商铺，如咖啡店之类的等等，大都还没有开门。

　　广场对面，是一栋规整周正却不失富丽典雅的老房子，高大气派的黑色铁栏大门紧闭着，据说这是过去的王宫。我们无目的地朝里面看了看，匆匆留了张影就离开了。

　　穿街走巷，再往前，遇上了一条河流，清澈澄静，穿城而过。昨天才去了高山，今天又见到了小河，内心的变化微妙而明显。有人说，河比天空和大地更有人间的气味，要我说，河比高山更能体味人心，天下没有比水更能包容的物体。一个城市有了这条河流，必定会慷慨地"接纳"空气中的尘埃，净化漂浮于水面的污垢，从而保持这个城市的洁净和清新。河岸绿树成荫，草木葱茏，柳絮轻舞，花气袭人。

　　看看头顶，天那么湛蓝湛蓝，我很久没有看到过这么蓝的天了，几朵游云，变幻莫测，在天空飘来飘去。我跟着队伍不知道走到了哪里，是达尔西公园？是吉约姆大门？抑或格朗吉尔广场？真的不知道。其实，知道不知道又有什么关系呢？重要的是你的内心到底感觉怎么样？比如我，此刻的心是温暖透亮的，一种可遇不可求的怡然自得，让我试图学着花的样子瞬间开放。这样的一种快乐，让我想起俞平伯与朱自清共有的"刹那主义"，朱自清认为，"生活的每一刹那有一刹那的趣味，我的责任便在实现着某种意义和价值，满足这个趣味。"我们已经习惯于匆匆忙忙地走马观花，每到一个景点，大都是蜻蜓点水、浮光掠影地看上一眼，并未深入了解其历史渊源。若想真正寻出各自的趣味与快乐，非得用心慢慢体悟感受才行。

在路上，巧玲看我对第戎赞叹不已，侧身问我，如果有可能，你愿意在这里定居吗？这问题来得有点突然，我笑笑，说，当然，有可能的话，我愿意在这里住下来。说真的，我确实是喜欢上这里了，没有嘈杂，没有喧闹，没有雾霾，天那么蓝，水那么清，空气那么清新，周围那么安静，真是居家的好地方啊！

远远地，我们被一阵悠扬激荡的音乐吸引了，循声来到一个有音乐喷泉的街口，喷泉中央站着一个深绿色的雕像，看上去像是一个"天使"，到底是不是呢？我还拿不准，因为她展开了一对翅膀，仿佛就要飞起来一样。正当大家模仿着这"天使"的动作一个劲地拍照时，带团导游青青与地接游赵亮在一边催促说，请各位抓紧时间上车吧，我们今天还要赶去巴黎呢！

哦，要走了，得马上离开第戎。在大巴车启动之后，我不由自主从窗口向外再看了一眼，挥手与这个陌生的城市道别。不知道经年之后，我还会不会有机会重来？第戎，是别人的故乡，不是我的故乡，但心灵与之如此契合，是不是邂逅到了一种精神的故乡呢？很多年前我读过毛姆的一本书《月亮与六便士》，以法国后印象派画家高更的生平为线索，主人公斯特里克兰德中年时舍弃拥有的一切，到南太平洋的塔希提岛与土著人一起生活，从中获得灵感，创作出许多传世之作。书中有一句："有时候一个人偶然到了一个地方，会神秘地感觉到这正是自己的栖身之处，是自己一直在寻找的家园。"那时候对这些话似懂非懂，而现在，几乎要忘掉的句子竟然神奇般冒了出来，好像真切地道出了我一种朦胧的向往。

第戎，是我欧洲之行一次不期然而然的遇见，世上有一种遇见，人也好，物也好，地方也好，风景也好，从不曾邀约，却心有灵犀。如此，当珍视，当珍惜，当珍藏，如一杯酒，时间越久越醇厚。只是，岁月悠长，你要学会享用，学会慢慢品味。我很快想起读过的一首诗，题目虽然记不住了，但有的句子却声声入耳：

　　　　有些东西，并不是越浓越好

　　　　要恰到好处

　　　　深深的话我们浅浅地说

　　　　长长的路我们慢慢走

　　　　……

香榭丽舍大道，你好

"看，到了，到了！埃菲尔铁塔到了！"正当大家昏昏欲睡时，有人这么叫了一声。我睁开眼往车窗外看去，那座熟悉的埃菲尔铁塔高高耸立于眼前。

车刚停稳，团友们跳下车便急急忙忙往埃菲尔铁塔那边跑。阳光紧紧地追赶着我们，炙烤得人快有一种窒息感了。我们越是靠前，越是迫切。

埃菲尔铁塔矗立在巴黎塞纳河北岸的战神广场，是法国的文化标志之一，也是巴黎城市的地标之一，高达三百二十四米，是巴黎市最高的建筑物。我仰着头久久凝视，一时竟找不出任何赞颂它的言辞。

这件艺术作品出自著名建筑师古斯塔夫·埃菲尔之手，据说，当初巴黎城中兀然出现这样一个黑不溜秋的怪东西，巴黎市民瞅着心里老大地不自在，怎么看怎么不舒服，有人干脆提出来把它拆掉算了。幸好，它还是神奇般地保留了下来。时至今日，埃菲尔铁塔已经成为法国乃至全世界无可替代的一道独特景观。我目不转睛看着它，仅仅出于好奇吗？或是期待了解些什么？说起来，这埃菲尔铁塔与我有什么干系呢？况且，不就是那么一座有着两层观景台、一个瘦高塔尖的铁玩意儿吗？

传说中的巴黎是浪漫之都，关于巴黎的"浪漫"，该作怎样的诠释呢？是男女风情？是诗情画意？是艺术品位？还是……我听到的还有另一个版本，那就是，千万别把法国人的话当真。倘若有法国人说，朋友，哪天请你吃个饭吧！你可别老等着，人家话刚一落音，立刻会忘掉的。是习惯吧？也是浪漫的一种？冯骥才的解读也许是比较中肯的："法国人的浪漫是敢浪漫，真正的浪漫是美的挥霍，真正的艺术都是挥霍美。"

参观完埃菲尔铁塔，我们漫步于巴黎街头。看到一对对相依相偎的情侣，手挽手从面前走过。一尊尊雕像下，一棵棵梧桐树下，一条条长椅上，站着或坐着些悠闲自得的人，他们在低声闲聊，轻言细语的，脸上的表情，看不出有任何窘迫、焦虑、挣扎、忧郁，而是放松的、从容的、怡然的、恬静的。长期生活在艺术家扎堆的巴黎，自然容易潜移默化受到艺术的熏陶，也许从当年马蒂斯的"野兽派"时代开始，延续多年，形成了一种集体的艺术气质与艺术气场。巴黎，一个与艺术有着千丝万缕联系的大都会。

我与巧玲手携手跟着队伍前行，不知不觉来到协和广场。团友们顶着烈日，演讲的演讲，拍照的拍照。我站在这个不同寻常的广场一角，仰视一座写满埃及文字的白色尖塔，塔尖反射出金色的光芒。

周围还矗立着八座雕像，是法国八个省的象征。看上去，广场上安静平和，悠然沉寂。谁还能嗅出当年的血腥味呢？王岐山曾推荐国人阅读三本书，其中的一本是《旧制度与大革命》，这当然比看小说枯涩多了，但我还是硬着头皮静下心来认真读了一遍。书的作者为托克维尔，生于一八〇五年，法国著名历史学家、社会学家，他细心梳理了法国革命的前前后后，意义不同一般的是，他并不着重去叙述历史事件，而是条分缕析地剖析了那场革命的动因。翻阅过这本书的人，应该能够明晰地了解和认识法国历史上一场接一场波澜壮阔的革命与运动了。

　　站在协和广场上的我，想尽快将法国那段历史理出个眉目来，却是千头万绪，不知从哪里说起。在炽烈的阳光下，头有点发晕，让人有一种虚幻之感，好像看到了那位专制的君王路易十五，正在发号施令建这座广场，即为"路易十五广场"，以向世人展示他的集权统治及皇权的至高无上。孰知世事无常，大革命开始之后，广场被当作摧毁王权的舞台，在此上演了一出出广为人知的人间悲剧。国王路易十六和他的皇后玛丽·安托瓦耐特被资产阶级革命时期雅各宾派政府的首脑罗伯斯庇尔送上了广场的断头台，陪他们一起被"断"掉的还有一千多个头颅。富有戏剧性的是，在路易十六被处死一年多之后的一七九四年，砍掉国王头颅的罗伯斯庇尔也被人推上了广场的断头台。以此来看，谁能够算定自己的下一秒会是怎样的命运？如果读者不喜欢读《旧制度与大革命》这类的书，那么，读一读雨果的小说《九三年》也行，同样可以让自己身临其境地卷入到那场骤风暴雨似的大革命之中去，虚拟性地体味体味其中的种种吧！

　　站在曾经血腥、暴力的广场，面对着太阳的微笑，不知道出于一种什么力量，自己竟然不期然而然地手舞足蹈起来。

　　黑夜和悲剧成为了过去，"路易十五广场"早已易名为"协和广场"，今天的巴黎，营造出安宁、祥和、温馨的气氛。仰望蓝天，心情愉悦，快乐是一只鸟，说来就来了，以飞行的速度，辨不清东南西北。

　　从协和广场出来，便上了香榭丽舍大道。为了看得更真切一些，我坐到了司机身旁的座位上，顿觉视野开阔多了。这是一条横贯巴黎的东西主干道，始建于一六一六年，由当时的皇后玛丽·德·梅德西斯主张修建，曾一度被称为"皇后林荫大道"，全长二点五公里，有两道八线行车的大马路，东起协和广场，西至戴高乐广场，即星形广场。权力，为什么一直以来让人顶礼膜拜？甚至让人不惜一切代价地去谋取它？好处就是能够按自己的愿望，做成自己想做的事情。这条大道，就是皇后以她的特权建成的。大道中段以自然风光为主，你从车窗往外看，只见两侧是绿色草坪，树木葱茏，恬静安宁；西段是高级商业区，有酒店、餐馆、咖啡馆、剧院、电影院、银行等，多是十九世纪的建筑，高低不一，错落有致。那奇形怪状的各式灯具，那斑斓招摇的各式广告，为这条大街平添了巴黎特有的浪漫气息。地接游赵亮来巴黎定居好多年了，他说，这里有世界一流的时装店和香水店，只是价格高得离谱。看着那些气派典雅的橱窗，估计眼下仍然是上流社会中大腕名流的去处。

车在徐徐前行，在看不见的时光隧道中，我们追溯着巴黎的远影。这条香榭丽舍大道从古代一直延续至今，它不是我们惯常所见的平平整整的柏油路，而是凹凸不平、犬牙交错的老马车路，真奇怪巴黎为什么一直保留了它？尽管老马车没有了，取而代之的是电车、汽车，不过，你仍然可以隐隐约约听得到马车辚辚碾过的声音。我读的外国小说中，以法国小说居多，这时候似乎看到十八十九世纪一些著名的文学人物，穿着那个时代古怪的衣服，纷纷从周围走上了香榭丽舍大道，你看，基度山伯爵来了，茶花女来了，高老头来了，他们都来了。我们记忆中基度山伯爵复仇的地点，不就在这条街的第三十号吗？你再仔细看看，巴尔扎克笔下的那个外省青年拉斯蒂涅，他野心勃勃地嘲笑巴黎挑战巴黎，今天，说不定也在嘲笑我们这些外来人呢！应该说，他的沉沦和堕落是那个特定时代的悲剧。

想到这些，我不禁窃笑起来，不是笑别人而是笑自己——我们貌似与书页中的人物擦肩而过，却又身不由己地陷入历史。现在的是我们，历史的是他们，那么，未来呢？未来势必也是历史与现实的融合，只是，今天的我们，成了未来的历史，未来的读者又会是谁呢？

越来越接近凯旋门了，熟悉的画面明明白白呈现于眼前，不是梦，也不是幻想。当然，现在的我们已经看不到旧日的法国军人了，只是那些魂灵还在周围徘徊，他们的气息还留存在这里，时不时飘忽于我们的身前身后。

我的手机一直正对着前方，一动不动。考察一番世界历史，凯旋门，顾名思义，即为一座迎接法国军队出师告捷的大门，是拿破仑一世为纪念一八〇五年十二月打败奥地利军队而下令建造的，最初名为"雄狮凯旋门"，迄今为止，是世界上最大的一座圆拱门（为欧洲一百多座凯旋门中最大的一座），位于香榭丽舍大道西段尽头的戴高乐广场。十九世纪中叶，为了交通方便，法国政府环绕着凯旋门又修建了一个圆形广场及十二条道路，每条道路呈放射形状，就像明星发出的灿烂光芒，这个广场由此得名："明星广场"。一九四四年九月一日，为纪念抗击法西斯而作出巨大贡献的民族英雄夏尔·戴高乐将军，更名为"戴高乐广场"。

站在庄严肃穆的凯旋门前，只见两面门墩的墙面上，有四组以战争为题材的大型浮雕，内容分别为"出征""胜利""和平"和"抵抗"，其中以"出征"影响最大。

凯旋门的四周都有门，门内刻有跟随拿破仑远征的三百八十六名将军和九十六场胜战的名字，门上刻有一七九二年至一八一五年间的法国战事史。一座无言的墓碑和纪念碑，法国，永远铭记着拿破仑，铭记着戴高乐。我们从这边门走到那边门，再从那边门走回到这边门，高举着双手，成"V"形，是不是也有一种胜利者的姿态？

面对如此浩大的景观，面对历史的遗迹，凭吊的最好方式，就是以一种沉默的态度表示恭敬，表示尊重。人需要尊重，景也是需要尊重的，哪怕是面对一块石头，一棵树，一条河，你也必定要报以尊重的态度。

巴黎的历史太厚重了，厚重得我久久难以落笔，这一落笔就得惊风落雨啊，难，太难了！对于我们可感知的一种历史，一种文化的积淀，才使得这里的前世今生仍然繁华如故。每一个景点，每一个地标，每一座老房子，都可以是巴黎盘根错节的宏大叙事。从协和广场的方尖塔，到星星广场上的凯旋门，无一不记载了关于征服与被征服、光荣与屈辱的故事；香榭丽舍大道的一侧，大宫和小宫留下了十七世纪万国博览会法国曾经有过的荣华与富贵；与香榭丽舍大道一街之隔的爱丽舍宫，则记载着法国权力的兴衰交替。

行万里路，读万卷书，法国，巴黎，那些飞花柳絮般的细碎往事，总在眼前飘啊飘，现在的我，只想问候一声：你好，香榭丽舍大道，但愿你以后会更好！

在巴黎圣母院祈祷

从卢浮宫出来，我们随着队伍走，不多远有条穿城而过的小河，水流清澈缓慢。横跨两岸的是一座老桥，站在桥上，便能看到纯蓝天空下那座遗世孑立、气质独特的巴黎圣母院。虽与之从未谋面，却神往已久。这座哥特式风格的基督教教堂，耗时长达两个世纪才建成，被誉为"巨大的石头组成的交响乐"。与壮观丰富的卢浮宫一样，巴黎圣母院也是一座艺术与人文的宝库，以藏有大量艺术珍品而名闻遐迩。

从正面看，巴黎圣母院共有四层，总体呈灰白色基调，每一层的风格都不尽相同，从侧面看，除了主体教堂外，两边还有一些附属的建筑，呈不规则形状，具体是用来做什么的呢，我也说不清楚。

第一层有三个果核形状的门，有厚度也有立体感。门上有数不清的人物雕像，大小不一，疏密有致。每一尊雕塑都是"细针密线"做出来的，可见设计师的用心与工匠的耐心。中间那扇门紧闭着，门的正中有一尊最大的雕像，是一个女子抱了一个孩子，莫不就是圣母玛利亚和耶稣？

人类真是太伟大太神奇了！站在巴黎圣母院门口，我唯有万千感叹，眼前的一切都那样完美、纯粹，让我不忍用类似华丽、壮美这些平庸的词来描述。

此次的欧洲之行已近尾声，写到这里，我觉得快成"失语者"了，每天面对丰饶宏阔的欧洲，面对每一处充满摄人魂魄的新景，大脑中储存的词汇日渐匮乏，以至于世上如此美好的景观在我的笔下显得苍白无力。也罢，来过的人自有其独特的感受，未曾来过的，也可以在相关图片与文字中，天马行空地展开自己的想象。

团友们依次从右侧的门走进巴黎圣母院大教堂。里面的墙壁和廊柱上均点了灯，灯光明灭，若明若暗。大教堂的两边，有一组一组的彩色浮雕，还有一扇一扇的窗户。现在，阳光从透明的玻璃窗中直射进来，很快被里面的幽暗消融得很柔和了。我本与巧玲在一起的，可她走到右边一座神像前，点燃一盏灯，站在那里静默，像祈祷，像许愿，像倾诉……巧玲是一位虔诚的佛教信徒，我想，宗教信仰在很多方面应该有共同之处吧？而且有很多相通的地方，如求真求善求美，积仁积善积德，等等，凡皈依宗教者，心地会很善良，内心装满阳光。我虽为一俗人，但还是能够理解。

大教堂里挤满了人，颜永平、李梅、孙启、罗雁等几位正在寻找合适的拍照角度。他们面对圣母像，一脸肃穆，一脸虔诚，甚或一脸的黯然神伤？每个人的表情里似乎都带上了不很分明的感情色彩：伤怀耶稣的受难？追缅逝去的亲人？痛惜曾经的失落？祈福明天的幸福？这时的我，虽卷在熙熙攘攘的人群中，却感到一种莫名的孤独，那就什么都不想、什么都不做吧，只是安静地站着、站着。偶尔发一小会儿呆，感觉也是蛮好的。

身处喧闹与静谧中，逐渐地适应过来。我的眼睛开始在周围扫描、搜索，希望能够遇见法国浪漫主义作家维克多·雨果，这位大师级的作家曾经让多少他的粉丝心绪难宁啊！在爱情之途上，犹如"春乍起，吹皱一湖春水"。

雨果在他那部脍炙人口的小说中，对巴黎圣母院作了最为详尽与诗意的描绘，就因为这部小说，残破不堪的巴黎圣母院才得以重建。在忽明忽暗的灯光中，仿佛雨果被我的诚心所打动，他一脸笑意，正向我款款走来。

雨果身边那位少女不就是外表美内心也美的吉卜赛女郎艾丝美拉达吗？她幸福地笑着，庆幸自己一直美美地活在读者中间；一位佝偻着身子、又瞎又聋的丑八怪，也正一拐一拐地向我们走来，他不就是外表丑而内心美的敲钟人加西莫多吗？他也感谢雨果，给了他一次舍生忘死"英雄救美"的机会，今天也美美地活在读者心中。后面还不远不近地跟着几个人，他们脸色苍白，形容猥琐，哦，我认出来了，他们是圣母院副主教克洛德、卫队队长弗比斯、落魄诗人格兰古瓦，都是雨果在美与丑的对比中被贬斥的角色，难怪在我眼前躲躲闪闪、羞于见人呢！

看着眼前突然出现的这些人，我有点恍惚起来，既伸不出手也张不开笑脸，为什么就这样僵硬地站着呢？我应该上前去拥抱一下雨果，拥抱一下艾丝美拉达，拥抱一下加西莫多啊！我要感谢你们，感谢你们让我懂得了什么是爱，什么是真爱。不！绝不仅仅是我一个人生出这样的感受，是不计其数的人从中受益匪浅。

此刻，我想到了我的一位学长，诚如歌德《少年维特之烦恼》里说的"哪个少男不善多情，哪个少女不善怀春"，情窦初开时，他像卡西莫多那样，爱上了一位心仪的美少女，她是他心中的女神，他愿意为她付出自己的所有，哪怕生命。两个人一个待嫁、一个待娶，就像俗世的故事那样，两情相悦、卿卿我我、花前月下、私定终身。那时，正值电影《巴黎圣母院》风靡一时，他们手牵手一起前往观看，相依相偎，相亲相爱。然而，世事难料，那女孩也许出于各种原因，或家庭阻力？或另觅新欢？或……最后，终于离我这位学长远去。痴情的少年，为之摧肝断肠、伤痛不已。离他而去的女孩，以后的日子并不好过，在她极其艰难困厄的情况下，学长像卡西莫多一样，不计前嫌、不顾一切地希望救助她、陪伴她、守护她……有人一方面为他的痴情所感动，另一方面对他如此善待负心女孩颇为不解。但我以为，世界上唯有爱是不能用天平和尺码来度量的，一个人来世间走一遭，有过一次这样刻骨铭心的爱，从某个角度来看，也是幸福的。只是，旧痕，就让它尘封吧，不要轻易去触碰，以防重温渗血的伤痛。

正当我独自在这样勾连古今、浮想联翩时，李梅先生突然叫我一声，我立刻从幻想中清醒过来。只见他站在圣母像前面，双手合一，双眼微闭，很虔诚的样子。我看着觉得有点点不对劲，说，这好像是佛教徒的姿态吧？我并没有专门研究过这个，但李梅先生觉得好像有点道理，便将右手放在胸前，不停地改变站立的位置，让我给他咔嚓咔嚓了好多张照片。外面是车水马龙的现代化街市，里面却是敛神聚心的祝祷，诚如有人说的，是不可思议的钟摆"两端"。

灯光幽暗，我们从右边绕了一大圈，又转到左边，天花板与所有的墙上都有雕琢得很细致、很精美的图片与塑像，我来不及细看，想来应该是《圣经》里面的故事。这时，一大群孩子在一位先生的带领下进来了，这位先生指着墙上的画与雕塑，给孩子们讲解着什么，他的语速太快，又隔得有点距离，没能听清楚他在说些什么。只见孩子们稚气活泼的脸上渐渐变得凝重了。是啊，面对挂在墙上受难的耶稣，看着他那痛苦不堪的表情，孩子们又怎么能够笑得起来呢？看来，他们现在已经开始接受一种爱和悲悯的教育了。

我将手放在胸前，向圣母行着注目礼，默默地吟诵起几句小诗：

哦，亲爱的玛丽亚

100

我站着，像您一样安静

手放于胸前，想与您一起

拂拭人间的伤痛

我祈祷，为那些

受苦受难而去的人

天堂里，乐声婉转

月光与星光，轻轻说

安息，安息

我祈愿，为尘世间

日夜挣扎的灵魂

有上帝恩赐，我相信

幸福和爱，如同

温煦的阳光

在清晨，照亮每一扇

暗淡的窗口

……

牛津，我们演奏一曲中国"交响乐"

下午将赴牛津大学演讲。前后准备两个来月，终于要上阵了，团友们铆足了劲，精心做着各项准备。早餐后，我站在大镜子前，换上特意挑选的红色套裙，涂抹点淡妆，左看右看，嘿，自我感觉还不错呢！

车窗外，一栋栋楼房和一棵棵大树迅速向后退去。此起彼伏的鸟声从窗户缝隙挤进来，悦耳动听。团友们颇为兴奋，说说笑笑的，尤其是程社明博士，刚刚经历了一段特殊的"起死回生"，他庆幸自己终能赶上大队伍赴牛津、剑桥演讲。

在程博士生动的叙述中，我们不知不觉接近牛津了。牛津是泰晤士河谷地的主要城市，相传古代牛群曾在这里涉水到对岸，故而得名。早在一〇九六年，已有人在牛津讲学，然延至一五七一年，通过一项法案后，牛津大学的身份才得以正式确定。

到了，终于到了心向往之的牛津大学！前来迎接我们的是学生会两位同学，他们言笑晏晏地带我们进入一个圆拱门，里面铺就一片葱绿的草地，顿觉清凉静谧，身心愉悦。

两位同学将我们带至饭厅——学校留了一长溜饭桌给我们，特意准备了丰盛的午宴，还配备了红酒、咖啡、绿茶和各类时鲜水果。三位团领导一边吃饭一边商量下午演讲的相关事宜。我回头看一眼另一长溜饭桌，全是牛津大学的老师，他们默默地低头吃饭，偶尔抬头说上一两句，声音压得低低的。

　　餐厅外面，一树紫色小花正开得繁盛热烈。抬眼一看，又是一扇果核形状的大门，欧洲大体都是这样的风格吧？微风中，走来一位长发飘飘、白衣黑裙、笑容满面的女子，她自我介绍说是牛津教育集团负责人王老师，又介绍了身边一位儒雅沉静的大男孩，"这位是陈博士，等会请他给你们做导游吧，参观一下校园。"

　　我们沿着校区人行道向前走，满眼都是黄褐色房屋，不甚华丽却很典雅。陈博士向我们介绍了一些牛津大学的相关情况：共有三十九个学院，学校和学院的关系就像美国中央政府与地方政府那样，采用联邦制形式。每一所学院都由 Head of House 和几个 Fellows 管理，"他们都是各个学术领域的专家，其中大多数在学校有职位。"我们重点参观了几个有影响的学院，至今还清晰地记得有一所学院院墙的每一个柱子上都"蹲"着一个雕像，我揣想应该是该院的科学家或者学术带头人吧？陈博士还特意介绍了 Brasenose College，"这个学院是通过面试来筛选学生的，面试题目题型刁钻古怪，一般的学生适应不了。"我还注意到了，除了一栋栋颇具规模的高楼，还有一些简陋陈旧的房子。阳光下，学生们三三两两坐在房子前的石阶上，一面懒懒地晒太阳一面轻松自在地交流。

　　下午三点演讲。我们结束校园的参观之后，提前来到演讲报告厅。"中国梦演讲报告团牛津大学演讲会"会标挂在了报告厅正中。画家胥力浦与书法家王银茂等人抓紧时间，将自己的艺术作品挂到会厅两边的墙上；爱好摄影和茶道的胥斌，将一块大白布铺在前面桌子上，摆上自备的茶壶、茶盘和茶杯，每一个茶杯都斟满了茶，还准备了若干小包茶叶摆在桌上；琴艺家陆海把随身带来的古琴放在桌上，做好演奏准备。我也从包里取出在国内准备好的小礼品，与团友们一起上前置于桌上。

大屏幕上显示出牛津大学校徽，观众席上陆陆续续来了很多人。演讲团成员上台站成两排，侯团长展开他强健的双臂，指挥大家合唱团歌。对于爱好音乐的我来说，歌曲最容易深入到内心——人的内心常常是敞开着的，如同敞开的土地，乐意接受阳光和月光的沐浴。"东方飞群雁，雁叫九重天"，旋律丰富、节奏明快的四重奏，整齐中有变化，高亢中有婉转，嘹亮的歌声在演讲报告厅上方缭绕……

主持人颜永平先生着一身黑色中式正装，神情怡然、从容不迫地走上台来。在一段简洁明了、生动活泼的开场白之后，他请出了第一位演讲者——侯希平团长。侯团长演讲的题目为《三代中国梦，自信中国人》。既是演讲家，又是歌唱家的侯团长，声音洪亮，音域宽广，他以中国的历史变化为经线，以当前中国社会现实为纬线，用大量事实，从多个角度，赞颂了中华人民共和国建国以来的伟大成就，阐述了"中国梦"的由来与民族复兴的重大意义，富有极大的吸引力和感召力。此时，会场响起了经久不息的掌声。

作为中国传统文化的主讲人，翟杰教授第二个上场，他演讲的主题是《鬼谷子智慧》。与这个演讲主题相吻合的是，翟杰教授身穿黑白相间的汉服，持一把黑白相间的大扇，连鞋子也是黑白相间的。他将中国古代文化与艺术巧妙地融合在一起，介绍了春秋战国时期智慧奇人鬼谷子，侃侃而谈，亦庄亦谐，诠释了纵横捭阖的文化内涵。大屏幕上，适时出现了翟杰教授在电视剧《鬼谷子》中扮演的鬼谷子，轩昂潇洒，气度不凡。陆海轻拨琴弦，激越亢奋，婉转曼妙，将听众逐渐带入到一种神秘诡异的氛围之中。

颜永平先生主持时情绪饱满、神采飞扬，中间的串讲词，用语简洁，趣味涵永，幽默机智，生动传神，是一个个精彩演讲片段的剪辑，又若一粒粒晶莹透亮的珍珠。正如侯希平团长高度评价的那样，"大气磅礴，博雅善言，口若悬河，口吐莲花"。尤其是态势语的运用，已成大家风范，轻松自若，得体到位。

演讲家们各具风格，自成特色，刚柔相济，收放自如，时而"轻拢慢捻抹复挑"，时而"银瓶乍破水浆迸"，时而"铁骑突出刀枪鸣"；阳刚者，如霆、如电、如光、如火、如长风出谷，阴柔者，如霞、如烟、如风、如云、如淡月星辉。高山峻峰，平湖秋月，一首首清风荡漾的歌，汇成一曲曲激情澎湃的大合唱——讲述中国故事，传播中华文化，传递中国声音。

看着他们一个个在台上光彩照人，我心里不免生出几许莫名的紧张，问问自己，会不会怯场呢？不会，绝对不会！我相信一定会出彩的！"尊敬的各位老师，亲爱的同学们，大家好！"当我站在台上，以《京腔京韵自多情》为题演讲时，我听见了自己怦怦跳动的心，也听见了自己慷慨激昂的声音……

演讲活动即将结束时，一位两鬓苍白、戴棕色眼镜的华人学者站起身，与中国演讲团积极互动，他提了一个有点棘手的问题，恳切希望能得到解答。颜永平先生来到那位教授面前，一边问候，一边解释，一边回答，不失睿智、巧妙、周到、缜密，那位学者听完频频点头，非常满意。此时，全场又送出了一阵热烈的掌声。

颜永平先生宣布，中国演讲代表团向牛津大学赠送艺术作品。李晓梅和姜晓卉两位美女马上站到台上，将馈赠的艺术作品逐一展开：田莉女士为牛津大学赠送一幅大型轴画《清明上河图》；郑宏彪先生为牛津大学赠送两幅自己的书法作品，一幅为《牛津大学校训》："上主是我的光亮"，还有一幅为《西风颂》；胥力浦和漆一蓉夫妇、李翠珍女士等赠送若干幅中国山水画；王银茂先生赠送了自己的书法与镌刻作品。

演讲结束后，几位外国学者先后上台发表感言，盛赞中国演讲团的精彩发声，牛津学生联合会负责人王老师也发表了热情洋溢的讲话。牛津大学教育集团的负责人还为全体演讲团成员颁发了荣誉证书。最后，在热情洋溢的气氛中，中国梦演讲团的全体成员与许多依依不舍的与会人员进行了亲切交流，并与他们合影留念。

　　大巴车厢的灯光安详温暖。在返归酒店的路上，团友们抑制不住内心的喜悦，仍然沉浸在演讲的回味中，有几位还轻轻地哼起歌来。车窗外，暮色越来越浓，房屋的轮廓越来越模糊，忽然，从什么地方传来一阵缥缈的歌声，若隐若现，若断若续。我支起耳朵，屏气凝神，细细地品味着、分辨着、欣赏着……

　　今天，在牛津，我们到底演奏了由多少个乐章组成的交响曲呢？

第四辑　红尘心语

雨中随想

清晨，正在赶路的梦突然被一阵清脆的鸟啼声惊醒，揉眼一看，窗户已经透亮了，泛出不甚分明的白光。忙一个翻身下床，严严实实穿戴好了。窗外，雨打芭蕉，滴滴答答，屋檐下一串串水帘，晶莹透亮，在一片云气氤氲的薄雾中飘拂。

拧开水龙头，哗啦啦地放掉一些水，正想洗漱时，忽听得窗台上好像有两只鸟儿在细语呢喃，嘀，你一句我一句，高一声低一声，好不亲热！恋爱中的鸟儿吧？那般浓情蜜意，真正羡煞人也！我蹑手蹑脚走近窗户，想看看这两个小家伙到底什么模样，哪知道它们十分机敏，听到我的脚步声，"扑棱棱"双双飞到对面的高枝，颤颤悠悠地左右晃动着，你看看我，我看看你，嘴里发出的声音最初有几分惊恐，旋即又恢复了常态。

也真是的，人家一对可爱的鸟儿正好端端地谈情说爱，沉醉于它们的浓情蜜意，我却没来由冲掉了它们的好戏——这个本来很美好的清晨被我无意中给破坏了，心中不免生出几分自责和失落。

白天忙得晕乎乎的，快要找不着北了。转眼已近黄昏。晚饭后，习惯性地去外面转转。我撑着伞走进一片熟悉的竹林，踩着河卵石砌成的小路朝前走，雨打竹林，清晰悦耳。路旁有两只褐色的鸟一前一后慢悠悠地走着，并不害怕我渐渐走近它们。当我从它们身边走过时，眼前一亮，好像在哪儿见过？

　　哦，想起来了，是在八大山人的画中吧？前不久去南昌一趟，特意拜谒了八大山人故居，观赏了他的许多画作。八大山人的笔下常常有两只鸟，或者一只耷拉着头，蔫蔫的，一只则昂首挺胸，仰视天空，试图找出点什么来；或者一只偏着头侧着身子在努力探寻着什么，一串葡萄向下挂着，是不是有点垂涎呢？一只则蜷缩着身子，将嘴巴插进翅膀，呼呼地安睡。眼前这两只鸟如若进入八大山人的画中，将会是什么样的状貌呢？

　　路边的灯柱上吊着几盏涂了奶油的灯，草丛里也忽隐忽现地露出点灯光。走在路上，似乎并不那么寂寞和孤单，也没有清冷的感觉。

　　细雨霏霏，思绪万千，我想，热闹也罢，冷清也罢，只要内心强大，什么事都能够扛得住，这是一种合理的生存状态。人生一世，无奈居多，也是一种生活状态。记得父亲的一位同事，年轻时曾壮怀激烈，志存高远，孰料世事难料，命运之神并未眷顾他，一生辛苦拼搏，劳顿奔波，最后却是镜花水月、壮志难酬，且饱受疾病折磨，死神多次与他擦身而过。老人一度为自己的命运哀叹不已，埋怨老天爷太不公平，为什么要带给他这么多的不幸？那时候他留给我的印象是一天到晚愁眉不展、眼神呆滞、情绪低落。今年春节我去拜望了他，却见他与以往判若两人，言行举止安详淡定，波澜不惊，看上去就像有人说过的那样："这种平静，不是来自岁月的老练与世故，而是来自命运磨难后的超然与豁达。"

　　一蓑烟雨，我行我素。行走在蒙蒙的雨中，就像置身一池碧波，涤尽内心的灰垢与尘埃，顿觉神清气爽。在这样一场淡淡的雨中，我们避近了别样的情怀，别样的安静。唯有这样，我们方可以见怪不怪，处乱不惊。站在那株粗大的樟树下，我默念着曾经背得滚熟的诗句，竟然一刹那间忘了开头，也忘了结尾。我相信，刚刚过去的那个冰凉、冷漠、严峻的世界会越走越远，而眼前弥漫的乳白色灯光，将会铺平明天的道路，洁白、温暖、宽阔、平坦。

夜幕微微颤动

夜幕在毫无觉察之中慢慢拉开，微微颤动着。空中有游荡的风路过，谁知道那风是什么颜色什么形状呢？

不知道到底从什么时候开始，我喜欢黄昏与黑夜接壤时，一个人在风中或者雨中漫步，眼睛的余光感觉得到，路人们常常用奇怪的眼神看着我，我则用更加奇怪的眼神看着他们——难道我们怀揣的都是同一种心思吗？大凡你们以为我很孤独？以为我有沉沉心事？不是吗？从你们疑惑的目光中我能读得出所有的含义来，只不过我以为你们太过好奇，是在欣赏一只夜雁突然迷失方向偶然生出的诧异感吧？

都说人生如梦，人生真的如梦吗？几十年说起来不长也不短，一路朝前走过去，我们会看到许多风景，会在风景里流连与感伤，真有什么让你想不开也放不下吗？

今天这个夜晚很清爽，在微微凉意的风中，我怎么忽然有种奇怪的感觉，刹那间好像已变成一个白发苍苍的老人了，不觉莫名地悲哀起来，似乎自己还从未真正年轻过。倘若真年轻的话，我应该记得我自己究竟留住了哪些美妙的风景，譬如一弯月，一方水，一簇花，一片叶，还有一张张亲切的笑脸、一个个离奇的梦境……

我在一条小径上慢慢行走，淡淡的月悄然在小树林里徘徊，从树的缝隙里漏出点点滴滴光亮来。我还在延续开始的奇怪感觉，想象自己多年后会变成一个老妪，拄着根拐杖，蹒跚着一步一步艰难地前行。偶尔停下脚步，眯缝双眼，冷冷打量着这个缤纷的世界，那般淡定与从容，再也不会受到什么诱惑了，再也不会为一些事物而动心了，回首往事，如同细数檐前的雨滴和天上的星星。

哦，冬至已到，寒意渐浓，我用双手捂住胸口，似乎想挡住一缕寒风，任一片叶子悠悠然地掉到脸上。

夜的黑幕沉重地将落未落，我好像听到林子里响起一声叹息，风带着哀婉的歌声走了，逃也似的，匆忙而仓皇，天上的星星，稀疏地散开着，我找来找去，也没找到曾经熟悉的那一颗，尽管每一颗星星都在蛊惑着眼睛。

很多人或许都容易在夜里迷失自己，我却喜欢一个人独享这夜的宁静，没有任何人来干扰，也不需要缺乏真诚的安慰，似乎刚从"囚城"里走脱，任自己的心绪无拘无束地漫游。虽然有点冷寂寥落，但最大的好处是可以净化心灵，在寒风的冷冽中，思维异常清晰，一点点排遣心事，缝合伤口，泛滥好梦……

风在继续，月悬高空，夜幕仍在风中颤动。这样的暗夜总有破晓的时候吧？我已经看到夜空中有不甚分明的亮光，尽管我喜欢在有月的夜晚独吟，吟一些像诗又不像诗的东西，吟过之后，所有的心事都化掉了，化在古人的诗句里，化在他们的忧伤中。

蒋先生的婚恋观

一日闲暇间，看一档新开的电视栏目《相亲进行时》，观众可以了解到组织者在报名择偶的个人材料中视各人情况安排当事人见面的真实场景，当即觉得这是个很有些创意的版块，停在镜头前好几分钟不动，这节目还真把我给留住了，其真实性和趣味性让你觉得比有些编剧随意编写和演员做作表演的电视剧还要精彩许多。

眼下是一位蒋姓先生在陈述自己择偶的要求和标准：第一，忠贞不渝；第二，漂亮大方；第三，温柔贤惠；第四，能干；第五，有稳定工作；第六，城市人。主持人在蒋先生说完之后介绍了一下他的情况：如今在协助别人做餐饮生意，每月收入八百元左右，现年三十七岁，因为若干年里一直坚持自己的择偶信念和标准，不愿退而求其次，于是一棵孤独的树翘首以待却总不见有凤凰来栖。三十七年了，他还从未与任何女性有过性关系。

我留意了下镜头上这位男士，小眼睛，厚嘴唇，瘦高个，蓬乱的头发，稀疏的胡须，深褐色的衬衫有点皱巴，确乎一个刚从农村出来的打工者模样。看他有如此高的标准，而自身条件只是这样，我真为他担心起来。

接下来就是组织者安排蒋先生和一些大致符合他标准的女孩子见面。第一个女孩出场与他见面时，他王顾左右而言他地高谈阔论，两个人根本无法找到契合点，真不在一个频道上。结束后那女孩咂着嘴巴对组织者说："我真没想到他难看成那个样子啊！"

第二天，节目组安排蒋先生与另一个姓张的小学老师见面，据说这位张老师年方二十七，在感情方面曾受过伤害，现在很期待能找到一个忠厚诚实的人过日子。电视画面先让我们和这位张老师见面，看上去是一位青春靓丽、谈吐不俗的女子。我又开始为蒋先生着急了，张老师能看中他吗？然而电视镜头暂时让我对蒋先生的这次相亲有了一点点希望和安慰，因为组织者在蒋先生的请求下，专门请人为他着力包装了一番。首先到美发店为他精心做了一个适合他脸型的发型，然后又带他去服装店试穿衣服，几个人一起给他挑中了一件白色浅花纹的 T 恤，再配上一条米黄色休闲裤，你还别说，这样一来，他还真是洋气多了呢！组织者们对蒋先生与张老师的这次见面似乎充满了信心。

然而，当组织者带着那位张老师来到公园里时，张老师远远望见了蒋先生的侧影，竟然说不想去见面了。在组织者再三要求下，才勉强上前与蒋先生聊了起来。蒋先生看来对这位张老师很感兴趣，连连夸她漂亮，满面笑容地说："人只要长得中等偏上就可以了，关键是人品要放在首位。"张老师对他善意地笑笑说："你的标准这么高，难道就不考虑人家会不会挑剔你呀？依我看，你最好找个农村淳朴的女孩子比较合适。"

一场相亲就这样充满喜剧性也充满悲剧性地结束了。蒋先生的白发老母也出来和大家说："他自己要求这么高，我们也没办法啊！"唉，还有谁会一起为之长嗟短叹呢？

看完这个节目，我的思绪还久久停留在蒋先生的故事里，或许有人会认为他太没有自知之明，而且冥顽不化，人说"识时务者为俊杰"，他就是太不懂得这个道理了。如今不少人越来越现实，明白爱情是可遇不可求的，实在没有两情相悦的缘分，只能根据自身条件找个大体合适的成个家过日子也就可以了。可蒋先生不是这样，他一直按自己的标准坚持在茫茫人海中寻找着自己的另一半，他不怕非议，不怕讥讽，不怕失败，不怕打击，任何时候，他都把女人对爱情、对家庭的忠贞和责任摆在第一位，三十七岁的人了，还能够一直保持自己的童子身。在当今这个急功近利的社会，千古神圣的爱情很多种情况下也变了味，什么快餐爱情、泡沫爱情，比比皆是，像蒋先生这样把人格道德摆在首位并身体力行的人堪称凤毛麟角。难怪电视节目《相亲进行时》的编导最后说："也许，有些人的一句话就让人永远记住了他。"这话，多少对他带有一些褒扬吧？

说起来，人的每一种观念，都有其合理性，知人论世，前台的戏有时候我们看得并不是很清晰，但后台应该还有着某种文化的骨肉在暗中制约。人在社会生活中，自小接受伦理、道德思维等等训练，还要接受职业、地位、政治经济环境等等限制，只有充分了解这些背景，才可以更加真实地诠释一个人的行为。蒋先生无疑是真实的，这种真实也许就是文人说的"乃重重叠叠文化积层里的一种穿透，一种碰撞，一种心血燃烧的瞬间"。只是，"真实"如今确乎是个越来越让人感到困惑不解的东西了。

月悄然，人悄然

时光荏苒，花开花落。转眼不知不觉又走进了八月，初秋的天气如夏日般燠热难当。我不知道自己怎么会选择在这样的一个黄昏独自走上了这条蜿蜒蛇行的小路？

远山凝重的黛色氤氲在若隐若现的缕缕炊烟中，天边那片蔚蓝色渐渐融化在落日的余晖里。山崖的倒影在绕山而过的流水中荡漾，犹如一个尚未完全醒过来恍惚着的梦。山崖边高高低低的树正在与风周旋，摇晃了几下之后依然还是一尊尊塑像，归巢的鸟儿哑哑地叫着正从容地扇起翅膀从这一峰飞到那一峰。抬眼望去，兀然觉得立于面前的不失为一幅生动的山水画。禅家有妙语：先是见山是山，见水是水；再是见山不是山，见水不是水；后来又是见山是山，见水是水。看来世间许多境况都在于你自己如何去感悟。

乍到的秋天无疑还带有夏季的热烈，但这种热烈又似乎掩藏在你很难觉察到的某种慵懒和倦怠之中，甚至有些缓慢、漠然和暧昧。毕竟天还未断黑，这个村庄当然还是清醒着的，村人都还在忙忙碌碌地来去匆匆。在这些过往的人中，有的身上带有城市的气息？他们来这里做什么呢？来寻找心灵的家园？来寻求心灵的安静？不会觉察正将城市的喧嚣一点一点携到这沉寂的小山村来了吗？

我不知道怎么会走到这里来了？小路，悠悠长长地在眼前延伸，一应全是青石板铺就，形状各异，大小不一，深浅间杂，古朴而执着，沉稳而厚重，如风中碎片一路散落过去，熟悉而又陌生。我到过沈从文的故居，我也曾踏上周庄的小巷，我还去过安徽歙县的民居……印象中很多地方都有眼前这样的青石板路，难道都是那个年代留下的岁月痕迹吗？这样的青石板路曾经留下过多少人的足迹啊，许多后来成大器者的先贤怎能够忘记他们起始的脚步？

路还在脚下平缓地走着，我看到前侧有一栋褐色的木板房子，破旧沧桑，古朴沉静，但见一种清冽，一种孤独，一种凄楚，一种执着。我心中为之一动，不由得停住脚步，一刹那间不明白自己是怎么回事？也不知道该怎么样走才可以到达我想去的地方？正彷徨间，忽见一边闪过一个哼着歌曲的小姑娘，着一件粉红碎花衣服，一跳一跳地蹦将过来，我遇救星般地忙叫住她问路，她怔怔地瞅瞅我，友好地指了指方向，浅浅地笑开了，一脸莞然，灿若春桃，那样轻柔的笑声一不留神被风携走，很快剪裁成一道美丽的景色点缀着这有些陈旧和黯然的村子。

一瞬的工夫，落日已经凹进山里了，天色向晚，暮色渐沉。稍微定定神，拭目细看时，才发现自己依然行走在这条青石板路上。前面不远的地方，有一头沉默的牛，它停在那里在看着什么也在想着什么，似乎又在等待着什么。哦，是在等待。等待，是生命中重要的内容，我们很多时候就如同这牛一样为了某种期待而待在那里了。我奇怪自己一个人走路怎么会变得如此敏感？思绪抽丝剥茧般地层层破开而来。但我此时并不知道我想要说些什么话，也不知道是不是应该继续往前走，如果继续，势必前面会遇上路口，我该作何选择呢？

或许你在旅途时也曾怀疑过自己会不会成为那个寻找城堡的行者？有几分担心和几分恐惧，怕一路过去付出艰辛却一无所获。你希冀在看得见的阳光里筛选着自己的种种欲望，相信在这些欲望里总会潜藏着一种内在的智慧光线，哪怕你在某个漆黑的夜晚误入到莽林里，就像但丁迷失在一个黑暗的森林，遇见了许多野兽，他心里一阵害怕，以为不亚于死的光临，但终究得到诗人维其略灵魂的导引，所以也不至于在神秘的魔怪面前束手就擒。总之，在危险和不测降临时，你必须意志坚定，思路清晰，勇敢地脱开死亡的隧道，顺利进入开阔地带。

在人生漫长的旅程中，我们的情感和思维有时候就像一个完整而美丽的瓷器，稍不留意就会散碎一地而无法收拾。对于大多数人来说，或许生命真的不是诗，但生活里不能够没有诗。我们很有必要注意适时小心地收拾好生命中的残片，让它们重新得到组合，到一定的时候兴许会放出奇异的光彩来。

天边漾出了大半个月亮，周围有很浓的光晕，轮廓不甚分明，有若荡于湖上的帆，正时沉时浮地前移。从什么地方传来一阵悠扬的笛声，传递着能够荡漾心怀的古韵，送一声绵长送一声悠远，时而有如溪水淙淙流过，沁得心里清风拂过般凉爽；时而如天边游云追月，揉得心里细雨飘过般舒适。在乡村静谧的夜里，我听见四处有此起彼伏的声音，昆虫的鸣叫，蛙的合唱，汇成了优美的交响乐，随着我身边的河水缓缓流向远方……

月亮渐渐清澈，青石板泛起了淡淡的蓝光，在月的清辉里安然走到路口，看到不远处灯光明灭，笛声在风中颤动。难道我是一个寻梦人吗？我的梦会落在哪里？若说黄昏时这里是一幅写意的画，那么月下的这里就是一个空蒙的梦了，一个扑朔迷离、不可捉摸的梦。大凡人都很容易从一个梦中醒来又落入到另一个梦中，寻梦人很多时候往往不知道自己身在何处。

造境在你，化境在我。在我即将走到路口的时候，心中突然点亮了灯盏，轻轻推开自己的心门，让灵魂在空寂的山里歌舞。今夜，月朦胧，鸟朦胧；月悄然，人悄然……

从内心抽出一片旷野

　　仲秋时节，尚有几分燥热，也许你的一颗心总是难以安静。不妨试着端坐一隅，微闭双眼，很快坠入一片墨色的海。现在什么都不要想，包括你喜欢的事物你爱的人，如此，你会否感觉到眼底无物，一片澄净？

　　我相信会是这样。然而，身体里所有沉睡的细胞都会被慢慢激活，之后，无法控制地随意跳跃。

　　这样的秋天，一颗心尚存一丝丝温热。嗯，有温度就好，只要还是活物，你一定要坚定信念。呼吸，呼吸，深深地呼吸。

　　一片旷野潜藏在你身体之内，潜藏在你一颗战栗的心中。可是你却有目无睹。莫非你以为是杂草荆棘、沟沟坎坎、万丈深渊、腐臭衰败？

　　旷野也许是茫茫雪原，雪光映照着肃然的世界；旷野也许是茫茫荒原，无数人在此寻找宝藏；旷野也许是莽莽丛林，穿过去即可抵达绿地。

　　荒原上，荆棘，杂草，漫天迷雾。风起时，沙粒、黄土、烟尘。

　　蒙古草原的沙尘暴来了，试图睁开眯缝着的眼睛，却看不到一丝绿色。

我总在无望中期待，期待这片旷野长出树来，最后耸成高高的树塔，枝叶繁茂。

一个身影伫立着，久久伫立在那片旷野里。那是你吗？遥望远方，你的眼里透射出一种光芒来，令人怦然一动。

这片旷野，从身体里抽出，从内心里抽出，从肺腑里抽出，还流淌着汩汩的液体，汇成小溪、河流、湖泊，吸纳着尘埃，净化着空气。可是有谁知道，那竟是你的血啊！

凉爽的风，杂乱无章地吹拂着旷野。

我还会担心什么呢？什么都不用担心了。

谁在大森林里横冲直撞？你会不会被吓着了？我担心……担心有什么用呢？你想，森林里难道不会遇上让你惊悚的事物吗？横冲直撞者无非是野猪、狮子、猛虎。我不知道你是不是武装了自己？如若是赤手空拳，你固然会忐忑，会恐惧，会张皇失措。一不留神，势必会让那些吃人的东西拿掉你的性命。这可不是耸人听闻啊，确确实实，危险无处不有，无处不在。

你想，我的担心是多余的吗？

有危险，就不敢前往了吗？

你说，我该怎么回答呢？其实，你应该知道，我早就说过，倘若是我，既做将帅，也做逃兵；既相信自己坚强，也怀疑自己怯弱。

你说，有了这样一片从内心抽出的旷野，我还会害怕什么呢？

子夜独语

　　夜开始渐渐沉下去，沉成一片寂寞的海。推开窗户，我的目光跳进这墨色的深海，希冀心能够幻化成一只有力的桨，但如何总是划不动这凝重的夜呢？子夜以后整个世界都已经安详地睡了，我也躺在床上想进入一个我愿意遭遇和沉醉的梦境中去，但悠远的海浪拍岸而来，惊扰得我心里惶惶然不能安睡。原以为失眠不过就是那么一两个晚上偶然的事情，孰料自从那一日之后竟然如同多米骨效应一样连续几天没有睡好了。从根本上来说我绝对不是一个真正意义上的悲观主义者，我只是骨子里生就了一种悲天悯人的东西，或许是秉性吧？而人的秉性有些是与生俱来的，后天很难彻底改变。

　　晚上我既不能喝茶也不能喝咖啡，更不能遇上什么或喜或悲的事来刺激我敏感的神经。很多时候我喜欢安静，环境的安宁和心的安宁。很有点朱自清先生那种"我喜欢群聚，也喜欢独处"的境界，朋友也评价我基本上属于"静如处子，动若脱兔"的人，但我大体上还是喜欢安静。也许没有谁在这寂寞的夜里会想起你来，那就只有你自己去品尝和体味这种孤独了。

今晚很糟糕，又是一夜无眠，学着滑稽可爱的豆子先生数白羊和黑羊，结果晕乎乎地白的变成黑的，黑的变成白的，连我自己都哑然失笑。实在无奈，放一段音乐听听吧。一次在朋友家听过一首甘萍演唱的《潮湿的心》，感觉词和曲配得十分吻合，很快吸引了我这个还算是有点音乐天赋的人。

我并不认为这歌的情感基调与我有什么直接联系，或许有点？或许全无？我从来没有细心而认真地听过这首歌，我以为这只不过是人类情感中一时的情绪罢了，又怎么能和贝多芬的《命运交响曲》那样大师级的雄伟篇章媲美呢？我一直很喜欢欣赏大气悲怆慷慨沉郁的音乐，或许我天生就有一种英雄情结？贝多芬的交响曲中所表达的痛苦是一种古典的痛苦，在他那里，痛苦、挣扎和激动是水乳交融的，他创造了一个英雄时代的音乐，蕴含的痛苦是一种深沉的剧痛。而类似《潮湿的心》这般的歌曲只是描述了人在特定境遇里某些细微的不快情绪而已，仅仅只是人感情长河中的一朵小小浪花。听着这样颇有些伤感无奈的倾诉，你也许更容易被感染，其表达的情感很直接，因而更容易进入你的心灵从而引起你强烈的情感共鸣。

听歌的我只是一个鉴赏者，如果鉴赏者的情感倾向与作品的情感倾向一致，极易产生同向感应，这就是所谓的情感共鸣，这种情感共鸣是艺术鉴赏中常见的一种心理现象，其本质是鉴赏者与创作者情感上的同一性，是心理结构的同形，是情感力量的共振。在这样寂寞的深夜，我已经别无选择，任由甘萍小姐在我的房间里展露她那颗脆弱而憔悴的心。我多想用我的柔情将这颗心轻轻掬起，给一份最温馨的抚慰。而就在这样一种心境下，突然觉得我自己的郁闷和忧伤怎么竟然得到了一种释放，这不是一种奇怪的现象吗？

也许这种现象算得上是修炼人的一种气韵吧？这里说的气韵应该与

中国悠久的历史文化很有关系。中国传统意义上的读书人其实都是集儒、道、释三家文化通融一体的。儒家的"修身齐家治国平天下"和"达则兼济天下，穷则独善其身"的教义在知识分子中普遍影响最深，一般说来，年轻的时候很愿意接受儒家学说，以天下为己任，自古以来知识分子总是以国家的忧患和民众的生计为己任，故而就有了范仲淹的"先天下之忧而忧，后天下之乐而乐"的千古名言。君子忧道不忧贫，勤勤恳恳，任劳任怨，不能不让人肃然起敬。然大抵情况是，当你人生的路越往后走，就越容易接受道家无为而无不为的教义，更愿意选择心灵自由和人格独立，凡事悠然从容，物我两忘。我比较欣赏的一种态度是：以入世的态度行事，以出世的态度为人。

清代大玩家李渔的一篇小品文《随时即景就事行乐之法》，细细品味一番竟觉意趣无穷，里面有这样几句："行乐之事多端，未可执一而论。如睡有睡之乐，行有行之乐，坐有坐之乐，立有立之乐，饮食有饮食之乐，处之得宜，亦各有所乐。"在今天这样一个竞争激烈、危机四伏、精神失血、不堪重负的时代，又有几人能够做到像渔翁那样旷达和超脱呢？也许在相当一部分人看来，世上什么都不缺，唯独就缺快乐。这年头没有几个人活得轻松愉快，活得潇洒容易。当然，男女稍有区别：男人看重的是事业，女人却更看重情感。快乐的心境需要自己用心营造悉心感悟，正像有人说的那样，有快乐的心境，地狱也是天堂；没快乐的心境，天堂也是地狱。

当我在半睡半醒、思维混乱的状态下敲下这几行字时，东方既白，人已迷糊。经过这番夜思之后，自有一种惬怀的感觉，许多的模糊此刻已明澈了多半，按说此番躺下去之后，心或许能够在一片绿洲中安歇了。不知道自己这一晚是不是在想象中做了一个庄公的梦？梦中是否真成了一只栩栩然的蝴蝶？在迷惑不已的时候，倏忽地又觉得十分清醒，开始怀疑自己过去的一切很可能就是某一只蝴蝶所做的某一个梦而已。

我在前方等你

时光匆匆，季节一不留神又淌进春天的河流。四月的清晨，是一年中最美好的时刻，晨曦在薄雾里翻卷着想冒出头来，酣梦中的鸟儿被这轻微的声音惊醒了，睁开迷迷糊糊的眼睛，好有几分不情愿似的。尚未等到完全清醒，突兀地对着身边的同伴叫上一两声，清脆而亲昵。在鸟儿的晨曲中，仅仅一会儿工夫，云层已被冉冉升起的太阳冲破，天，很快就大亮了。

清朗温润的四月，天地间，一阵风，一缕香，一抹阳光，万物被激活了，花气袭人，所有的一切，蘸满了水汽，充满了灵气，沐浴着晨光，就像朱自清先生笔下那样，生动静好，撩拨人心。早起的人们，尽情享受着这恬静诗意的春光，用心品味着这份美好，真乃"到日仙尘俱寂寂，坐来云我共悠悠"，又应了汤显祖《牡丹亭》里描写春天的句子，"良辰美景奈何天，赏心乐事谁家院"。

我生活的大院，新雨过后愈发清新，深红色与浅灰色相间的几栋楼房高耸入云，楼房之间的樟树、梧桐树、棕榈树挺立着身姿直指蓝天，

125

其间有一种大树，枝头开满了粉红色的花，鸟儿在花中飞来飞去撒欢，朝气蓬勃地灿烂着四月的清晨，到底是什么花呢？可惜我叫不出它的名字来。

窗外的几棵玉兰树，阳光下葱翠欲滴，颜色深浅有致，深色是去岁留下的，浅色是今年的新绿，只是眼下还未见花开，我想等到开花时，会是白色和浅红色的吧？春天总会要开花的，我们须耐心等待。到了秋天，开过花的树会结出一个个玉兰果来。

记得上年我去灰汤参加一次文学采风活动，与同行的浏阳女作家晓玲相携漫步于两旁都是玉兰树的林荫道上，两个人漫无边际地说着话说着话，晓玲突然惊喜地抬起头说："哇，好大的玉兰果啊！"我抬头一看，果然是！一个又一个，害羞似地掩藏于树叶之中。玉兰果呈青绿色，表皮不甚光滑，鲜嫩铮亮，有点点像菠萝。晓玲掏出手机啪啦啪啦一路拍过去，我也兴冲冲地跟着她拍了好几张，这大自然中的尤物，可不要轻易错过了呢！

回到居所，晓玲马上发微信，她渴望及时与微友们分享这邂逅的春光与快乐。我见状也很想发，虽然早就开好了一个微信号，却从未玩过。我要晓玲告诉我怎么发，只是我用的是"苹果"，她用的是"三星"，照她的套路发了好几次，就是发不出照片来，晓玲试了几次也未成功，真是急坏了我们两个，折腾了好半天也没弄成，开会的时间又到了，只好作罢。

活动结束我回家之后，一个人坐下来慢慢琢磨，反复鼓捣，笨笨的，嗨，总算成功地把"玉兰果"发到我的朋友圈了。这是我第一次发微信，晓玲立刻跳出来表示祝贺，我众多的微友看我第一次亮相，纷纷出来捧场，一个个都那么热情，把我感动得一塌糊涂，那些日子里，竟然一发不可收拾地连发了好多条微信，从中感受到了朋友们浓浓的情谊。

未曾想，梦还在今日的春光里徘徊，心思却已飞越到了秋天——收获的季节。春天给我们以无限的遐想，可谓思接千载，精骛八级。眼前的春啊，洋溢着热情，散发出朝气，人间的四月天，滋润着每一个生命，滋养着纯净的心灵，清新的景物，昭示着美好的未来。未来是朦胧的，也是抽象的；未来是美好的，也是艰难的。未来需要憧憬，需要想象，需要浇灌。从昨天走过来的我们，也许有过失落，有过忧伤，有过人世间无以言表的伤痛，但毕竟已成为过去，烟云般悄然散开。

　　站在骀荡的春风里，轻轻拂去尘埃，放怀一曲春天的歌谣，微笑着对自己说一声：你是好样的，梦很远，路很长，相信你春天种下的心愿，秋天一定会收获金灿灿的果实。此岸到彼岸，我会在前方等着你！

第五辑　人物素描

美丽英雄花

　　那年，我受邀参加了由省委宣传部、省残联组织的"情系我的兄弟姐妹"巡回演讲报告团，作为指导老师参与全过程的策划和训练。报告团里有一位我心仪了多年的"小英雄戴碧蓉"，在和她相处的许许多多个日子里，她就像一束风吹不败、雨打不谢的英雄花，在我心里越开越灿烂，越开越美丽！

　　十一岁那年，戴碧蓉为抢救三个在铁道上玩耍的孩子，被火车的铁轮轧断了左腿和左臂。鲜血染红了钢轨，染红了枕木，染红了石渣……以后，她成了一个家喻户晓、名扬天下的小英雄，多次受到党和国家领导人的接见。当我在小学课本上读到她的英雄事迹时，我被她的勇气和精神深深震撼了，心里生出一个强烈的愿望，渴望哪一天能见到我心目中的这位英雄。

　　到省残联报到时，已经聚集了不少人，戴碧蓉也在其中，没想到她就坐在我身旁的沙发上。开始我忙着看材料，没怎么留意，直到负责人一一介绍，我才转过头去认真打量起她来，只见我心仪已久的英雄身着一套暗红色基调并绣有漂亮花纹的民族风格套装，坐在那里娴静而优雅，清秀的一脸浅笑，淡淡的一对酒窝，经过修饰的眉和嘴更加点缀出她女人特有的妩媚。我在心里思忖，英雄也很爱美呢！大家热情地和她招呼起来，我也激动得亲热地叫她"戴姐"。戴碧蓉似乎见多了这样的场面，脸上平淡得泛不起些许涟漪，我想，这么些年来她经历得太多太多，已经修炼得内心平静如水、波澜不惊了吧？

英雄后来的人生又经历了几大磨难：1981年第一个儿子因心脏病夭折，紧接着第二个儿子也患上先天性心脏病，几经救治才脱离危险；1994年，对她鼓励最大、影响最深、关爱最多的父亲因车祸去世；1997年，她自己又被查出患上了癌症……接二连三的打击，使她那弱小而残疾的身躯忍受了常人难以承受的精神和肉体的双重痛苦。然而她毕竟是一个有着坚强意志和顽强毅力的英雄，虽历经磨难却永不退缩。在身体基本康复以后，一个强烈的回报社会的愿望在她心中萌生。在朋友的建议下，她在家里自费办起了"戴碧蓉热线"，把一份关爱送给那些心灵上需要帮助的陌生人，及时为他们排忧解难，有一次为了把一个想自杀的青年从生死线上拉回来，她不知不觉和对方在电话里说了七个多小时！唇焦舌燥，几乎晕倒。"戴碧蓉热线"迅速向全国延伸，这位了不起的英雄帮助了许许多多陌生的朋友从心灵的困境中走了出来。

在和残疾朋友们打交道的过程中，戴碧蓉觉得挣扎于贫困线上的姐妹兄弟有太多的难处，他们亟须帮助，于是决定创业，办一个残疾人自己的服装厂。在社会各界的大力支持下，2000年"株洲市戴碧蓉服装厂"成立了。有人讽刺说"英雄也要下海发财了"，戴碧蓉坦然地说：是的，我需要钱，我要创造财富去帮助我的残疾姐妹兄弟，让他们也成为社会财富的创造者，实现人生意义上的真正平等，让所有残疾人的脸上都荡漾着幸福自豪的笑容！

有如此美丽的心境和胸怀，难怪这位英雄脸上的笑意如彩霞一样绚烂，如玉兰花一样淡雅清纯。

湖南卫视著名节目主持人汪涵有一句很扩散很流行很经典的口头禅"那确实"，套在这里吧，"那确实"我们的英雄很爱美，因为她很爱花，爱花的人都是爱美的。戴碧蓉家里养了不少花，有各式各样的品种，她每天忙里偷闲精心浇灌着它们。记得那天从张家界宾馆坐车出来的时候，看到门口一大片娇艳欲滴、鲜红夺翠的石榴花，她情不自禁连连赞叹道："多美的花啊！"

在我们离开张家界的头天傍晚，天正下着蒙蒙细雨，大家都懒得出门，待在房间里或看电视或玩扑克，做着次日出发的准备。戴姐在房子里坐立不安，老是怔怔地盯着窗外，好像满腹心事。一问，原来英雄也和普通女人一样，对家人牵肠挂肚，柔情似水。她说刚接到丈夫的电话，想让她去看看有没有山区的特产，有的话就买点回去，因为儿子就要高考了，做饭菜时给儿子换点口味。听她这样说，我们几个马上陪同一起去买礼物，总算买到一些如"岩耳"之类的山货。心情一好，戴姐叫上我们陪她去隔壁的银器店看看装饰品。她挑啊拣地，总算看上一款耳环，式样很别致，我看着垂垂晃晃的，带有一点招摇味道，况且只剩一只了。她让我为她做参谋，我不太好直说，只是疑惑地问她："好看是好看，就看你敢不敢戴哦？"她爽朗地笑笑说："没事，我不会怕的。只要我认为我的选择是对的我就不会怕。"我突然觉得自己的顾虑好是多余，我怎么还不理解她呢？当年能舍生忘死从火车轮下救出三个小弟妹，她的勇气绝非一般人可比！正当我在这样想着的时候，戴姐已经付好了款，让店主为她戴好了耳环，甩甩脑袋让那只耳环亮亮地晃起来之后，她轻轻哼起一首什么歌来——她一直喜欢唱歌，而且唱得不错，很柔和，很动听。

碧水丹青点染一幅英雄画，
彩霞流云相看一束美丽花。

我眼中的王跃文

好像有很长时间没见着王跃文了，那天电话联系后，他十分高兴地约我到老树咖啡聚聚。我遇事喜欢图简单，最好是别人把一切都安排就绪，即刻"OK"一声，王跃文说他开车过来接我一起去。

天气出奇地热，气温高达四十度，一出门便大汗淋漓。五点半钟刚过，王跃文的手机信息来了："我刚出门，快到时打你电话。"

我撑上一把浅绿色太阳伞来到大院门口，约莫五分钟后，一辆黑色小车来了，我的手机跟着也响起来，抬眼朝车里看去，王跃文正在向我打招呼，我笑了笑朝他的车走去。正在这时，有人拍了一下我的右肩，我回头一看，原来是我们单位的燕子姐姐，她见我准备上车，忙问："你要去哪里？可以搭我一段路吗？"我停了一秒钟，说："好，一起上吧！"

我拉开车的后门，王跃文侧过身笑着向我问好，我赶快将燕子姐姐要搭车的事和他说了，他很友好地邀请燕子姐姐上车。当车开始往前驶出去时，我才想起要彼此介绍一下。当燕子姐姐得知这位"司机"就是著名作家王跃文时，兴奋得赶快伸出手说："你好！我要和你握握手！"

133

燕子姐姐虽然是学理科的，但她酷爱文学，俨然一老文青，工作之余，还经常写点诗歌散文发到报纸和文学网站去。看到眼前大名鼎鼎的王跃文，自然就生出敬意来了。

燕子姐姐下车后，我才开始打量起王跃文来，只见他一身时尚的休闲打扮，深蓝色圆领 T 恤，牛仔裤，戴一副遮阳墨镜，显得精神利索。我们开始随意交谈起来，多半是说到我们一些彼此都很熟悉的朋友，聊聊大家的近况，知道日子都还过得不错。

我问他现在忙着写什么？他告诉我说他正在为游建鸣写剧本。王跃文和游建鸣第一次合作是《龙票》，在中央电视台首播之前，他们就一些结束工作在长沙"湘粤情"酒家聚了一次，邀请我参加，希望我能在开播后为他们写点评论。此时，我和王跃文都想起来了："对，我们还是那回见面了的呀！"

王跃文的车从芙蓉路一直穿越市中心来到一个商业气氛浓郁的地方停下了，我随他走进一家咖啡店，然后进到一间光线幽暗的包厢，有点新鲜感，门和窗户花花绿绿有几个闪亮的艺术字"风雅老树"，我轻轻地念了出来。

如今进咖啡馆在长沙是一种时尚。《三湘都市报》上有篇文章题目为："咖啡馆：贴在长沙脸上的美人痣"，如果有朋自远方来，便会喜滋滋地说："走，我们到咖啡馆喝茶去！"你以为真的就只是喝茶吗？往往东道主见客人一愣，赶快接着说："吃饭也可以，煲仔饭、点菜什么的都有。"

我们坐定后，服务小姐进来了，微笑着递给我们一份菜单，问我们吃中餐还是西餐？我一向不喜欢吃西餐，当然说吃中餐了。我们一起点了些菜，王跃文说，不喝酒罢，我胃不太好。

服务小姐拿好菜单出去之后，王跃文一边说话一边从包里取出他的两本书，一本是小说《西州月》，一本是随笔集《有人骗你》，我翻开一看，扉页上已经写好了赠送给我的字，那字挥洒得遒劲有力、周正大气，看上去赏心悦目，我心中甚喜。虽然他是以写长篇小说《国画》一炮走红、享誉文坛的，但他后来写的《西州月》还有超过《国画》之势，笔法从容蕴藉、冷峻深微，具有醇厚的艺术魅力。我捧着他送给我的书说："以前读过你一些书，但你亲自送我的书读起来更亲切了！"

我取出我的一本学术专著回赠给王跃文，只见他舒展着眉头很快翻开扉页，看到还是一片空白，忙递回给我说："啊，还是精装本呢，你送我的也要写上几个字呀！"我一般送书是有选择性的，一定要是读书的人才送，且不先题赠言，须对方提出我才写上几个"请某某雅正"之类的字样，应王跃文的请求，我又如法炮制，看他很快翻到我写的"后记"，我问："你看看像不像写散文啊？"他看了一大半之后说："你的文笔真好！"说实话，我很喜欢听他讲这话，颇有点得意地说："大作家都这样夸我？那我真的很开心哦！"

服务小姐很快把饭菜送上来了，我们碰了碰杯子，说了几句相互祝福的话就开始一边吃饭一边聊天。我舅舅曾经是王跃文大学的老师，学问做得不错，但上课不是很生动，王跃文与我我说起那时候听课的情景，说我舅舅上课给他们讲一个笑话，讲完之后突然停在那里，同学们都傻傻地看着他，竟然没一个人发笑，就这样绝对安静了好几秒钟后，突然间全体哈哈哈笑开了。说到这里，王跃文忍不住嘿嘿嘿地朗笑起来，他本来就是个帅哥，天庭饱满，额宽脸阔，浓眉大眼，儒雅轩昂，笑起来无遮无拦，一副宽厚仁慈的模样，煞是可爱，两眉之间的那颗痣也显得特别醒目，被他自己戏说是"防伪标志"，因为假冒他名字出书的为数不少，我当然更是忍俊不禁差一点喷饭了。当我再看王跃文时，他已经吃得只剩一点点了，我奇怪他吃饭怎么那么快？

吃完饭闲着没事，我把自己最近发表在《理论与创作》上的一篇小说给他看，在幽暗的灯光下，他十分认真地一字一句看起来，我担心伤了他的眼睛，忙叫来服务小姐点燃两支蜡烛。

王跃文一边与我说话一边在闪烁的烛光下认真看我的小说。我的工作以学术研究为主，文字多讲究严谨理性，思路讲究缜密条理，至于感性的文字，如诗歌散文小说之类的，仅悠闲时偶尔涉足。甚至兴趣一来，还写词谱曲，有次去拜望有名的作曲家白诚仁先生，我把我创作的歌曲《别离时刻》拿出来请教他，白老先生认真地哼唱了一会，还鼓励性地直夸我写得很美，他认为歌词和旋律的基调都很吻合，回想一下也是件开心的事呢！

王跃文还在看我的小说，他认为我的叙述语言不错，而且在这篇小说里，"你已经完全写进去了"，在他看来，这是写小说很重要的基础。有了他这样的点评，我一时有点亢奋，似乎看到了以后努力的方向。王跃文感慨地说："你也不容易啊，一方面要搞学术研究，一方面还在搞文学创作……"他认为一个人的精力毕竟有限，一辈子能做成一件像样的事情就很不错了。这些话说得很中肯，事实确实也是如此。我问他现在是不是每天都要写点什么，他的回答是肯定的："如果我哪天没写，就会觉得心里很空啊！"我说："你有点像歌唱家吴雁泽，他也是哪天不唱歌就觉得心里过不得。"

如果说，我们开始随意交谈时王跃文表现得极为随和放松，但一旦进入文学的话题，他俨然换了一个人似的，变得有点严肃和安静了，他认为写作必须对得起自己的良心，必须对社会负责，必须对自己负责，而且一定是自己喜欢做的事。我细细品味王跃文话里的含义，也就是说文学创作从一定程度上来讲是负有社会道义的，一个作家也许改变不了社会，但他能够以他的良知去感染读者，呼唤大众，这是一种自觉的行为，如果被迫，如果不爱，就会没有意思也没有乐趣了。

王跃文说他的写作过程还是很轻松很愉快的，没有别人那种艰涩的感觉。我说那太好了，一旦进入这样圆通自如的写作状态就犹如鸟儿清晨的啼叫和歌唱，完全是去品味生活，感受快乐了。"唐浩明先生好像开始的写作很苦。"我说。因为若干年前，我受邀湖南卫视，作为特邀记者采访过长篇历史小说《曾国藩》的作者、全国著名作家唐浩明先生，我曾经问："唐老师，您写作的时候应该感觉很愉快吧？"唐浩明老师回答说："哪能啊，我一次随团去法国，正好在写《曾国藩》，人家都轻轻松松去游玩，我却连美丽的塞纳河都没去，把自己关在房子里三个月时间，成天就在想我的人物现在该干什么了……"

在和王跃文交谈的过程中，他的手机一直很热闹，有时他停下来回信息，一边对我表示歉意。看得出，他是一个对朋友很真诚的人，难怪他的人缘关系那么好呢！

刚接着说上两句，他的电话又响了，接听了几分钟，完了告诉我说是国际广播电台准备采访他，我问他，你答应了吗？他说已经婉拒了，"我现在能推且推，没时间啊！"这我可以理解，因为他现在除了每天读书写作外，还和湖南广播电视集团签约，担任湖南人民广播电台"今天六点半"节目的嘉宾主持，这也很费心力。

我们天南海北地说笑着，不知不觉几个小时就这样过去了，我怕耽误他的时间，便起身与他告辞，王跃文说坐他的车，他送我回家。在路上我不知道我怎么会这样问他："你写《国画》时，披露了那么多官场的丑恶，你置身其间，怎么敢写呢？"说完我侧身看看一边开车的他，只见他神色严峻，一脸肃穆，语气却是那样轻松："不怕，我不怕什么的……"男人，一个真正的男人，一个不是患得患失的男人，一个有社会道义和责任感的男人，我不由得对我身边这位深受千百万读者喜爱的作家和朋友肃然起敬了。我说："尽管你的人生经历遇上些挫折，也许正好是难得的一笔财富呢！如果将来写自传，一定很有传奇色彩的。"只见他浅浅地笑笑，虽然没说什么，但看得出他在想些什么。这个时候他放开了紧握方向盘的手，轻轻地弹了两下又赶快抓住，那动作有种洒脱的美感。

这时的夜晚，城市极为热闹，万家灯火，霓虹闪烁。我看着贺龙体育馆门前上空那硕大的彩灯转盘，情不自禁赞道："多美好的一个夜晚啊！"

偶遇

因事外出匆忙中挤上公交车，随意找个座位坐好。车开动好几分钟心才安定。这时我才注意到身边坐着一个三十岁出头的和尚，他身材高大，足有一米八几的样子，穿着浅灰色"职业装"，双脚交叉，低头搓擦着双手，好像在用心想着什么事情。

我出门喜欢观察各种各样的人，对特殊职业的更感兴趣，像出家人之类的，一旦遇上就想从他们的言行举止去揣测究竟是什么原因让他们迈出这难得的一步？我往往容易站在我自己的角度看问题，如果是我，事情不到万不得已，断不会去过那种"青灯黄卷"和"木鱼晨鼓"的清静生活。人在红尘总有许多欲念，如果想彻底放弃，出家是个可以选择的好办法，总比死要好些吧？在我的观念中，出家的理由不外乎失恋、破财和事业受挫，等等。

这个和尚，大概觉察到了我有意识在盯着他看，慢慢抬起头来，故意看着窗外，似乎并不介意我。等他稍稍转过头来时，我干脆和他打声招呼：

"你好！从哪里来？"

他有点惊讶，大概觉得太意外了吧？顿了顿就说："洪山庙。"

"你，住在那里面感觉怎么样？能够……能够住得下去吗？"我都不知道要和他说些什么了，就这样冒失地问了一句。他的眼光此时像天上的云一样游移不定，虽然没有开口回答我，但很友好地咧开那张阔嘴笑了笑，硕大的前门牙全部龇了出来，而且黄得特别难看。更让人恶心的是，他的口里散发出来一股臭气，熏得我直想呕吐。"哎呀我的妈啊！"我在心里叫道。

公交车已经到了繁华热闹的市中心，离我去的地方只剩一半路程了，真不不甘心他什么都不和我说！我干脆直截了当地问："你怎么去做和尚的？难道在家不好吗？不明白你们……"

这回他避不开我的话题了，叹口气说："我告诉你实话吧，我很懒，不喜欢劳动，怕受累，所以就去做和尚。做和尚的日子虽然清苦，但不用想事，不用操心，不用和谁竞争，混混也就可以了。"

这和尚出家的原因仅仅是这个？真是出乎我的意料，我不知道是不是可以相信他的话？真的？抑或假的？真的和假的与我又有何干呢？

沉默了几分钟，我带点奚落和嘲弄的口气问他："你做和尚有什么意思呢？怎么不想着去做方丈？现在方丈可是正处级干部呀，哈哈！多好，可以管别人啊！"

他撇了下那张阔嘴，又呼出一口臭气，好半天才支支吾吾地说："你以为谁都可以做到方丈吗？我当然也想做啊，可是，没机会哦，一直没机会……"

是啊，一个方丈，一个正处级干部，难道是任何和尚都能够做得了的吗？那么，究竟怎么样才能够得到提拔呢？

那和尚先我下车了，当车子继续往前开时，他回过头来，那阔嘴对着我咧了一下。看到他的浅灰色背影像清风般在人群中消失之后，我陷入久久的沉默之中。今天的偶遇引起了我的兴趣，到底反映出什么样的社会生存状态？该如何去思考其中的一些问题？

风中的那一绺白发

新年的几天里真是好天气，天高云淡，气象万千，给访亲问友的人们带来了诸多方便。可昨晚天气开始变化，先是下起了小雨，无声无息，后来渐渐有了滴滴答答的响声。春雨就是这样滋润着大地万物，让拥炉而坐的人生出许多美妙的遐想……

年中较之平时空闲点，可以晚睡晚起，今天则很早就起床了，想出门四处走走，活动活动。一个人围着院子外面的路慢跑几圈，深深呼吸，一次，又一次，空气特别清新，顿感神清气爽，怎么有点占了老天便宜的感觉？你想，有什么比健康更重要的吗？健康最需要的是什么？不花一分钱的好空气谁不愿意多吸进一点呢？吐故纳新对于身体的保健无疑是非常重要的。

就这样走着想着，一会来到一菜市场，我趔进去，想顺便买点米粉做早餐。今天才是大年初三，而菜市场已经热闹起来了，到处摆满了新鲜的蔬菜，为了生计，人们都这样勤快。风有点凉意，我裹紧了身子，抬眼正好看到那边一位卖米粉的老太太在吆喝着生意，围在她身边的人还不少呢。

我慢慢走到她跟前，看到她板车上两大筐子米粉已经空下去一大半，看来老太太的生意和人缘还不错。我细细看了看她，脸上皱皱巴巴的，眯缝着一双眼睛凑近右手提着的老秤杆，动作有点迟钝，满头银发，有一绺在风中飘动着。我看着她这样的举止，心里涌出酸楚的感觉，忍不住问："你老有七十了吗？"她笑笑，伸出指头做了个"八"字，说："快八十了，就差两年。"我说："您老还这么辛苦做什么呢？"她感叹道："没办法啊，我儿子死了，媳妇改嫁，孙子上大学没人负担，就靠我做点小生意挣点钱给他。"说着，她抓了一大把米粉放到秤盘里，又眯缝着眼睛凑近看秤星。

我经常有点悲天悯人，往往因人因事感慨万端。买好米粉之后，我宽慰老人说："您老现在身体还这么硬朗，我不知道等我到您这年龄时会是什么样子了？"她笑着说："现在生活条件好多了，你们一定会更好的！"我感激地说："谢谢，祝您老健康长寿！生意兴隆！"

当我提着米粉慢慢往回走时，心里竟然沉甸甸的，对那位素不相识的老人多了几分关切之心，她的那一绺白发总在我眼前飘啊飘。我想，每一个人都有自己不同于他人的境遇，到这个岁数的人，有的养尊处优，在家颐养天年；有的却在外奔波，为生计辛苦。我想到经常听到的一句话，觉得不无道理："年轻时辛苦，年老就轻松；年轻时轻松，年老就辛苦。"

如果每个人都懂得珍惜青春，趁着年轻辛苦一把，也许等到白发苍苍时，不至于太过劳顿辛劳了。当然，卖米粉这位老太太遇上的不幸，要另当别论。人的命运，冥冥之中都有定数的，有时候，我还真相信这个说不清楚的东西呢！

"洞庭仙子"之父

在去益阳南县的路上，满眼湖光山色，荷塘风来波潋滟；鸟鸣雁啼，乡村处处皆图画。曙辉先生精力充沛，一路不厌其烦地向我讲述若干个益阳的传奇人物，还饶有兴致地介绍说我们现在看到的是南洞庭湖——洞庭湖可分为东洞庭湖、南洞庭湖和北洞庭湖。远远望去，烟波浩渺，一览无余，真是八百里洞庭美如画啊！

接近中午时我们顺利到达南县，早有曙辉的几个好友等在那里接风。为配合我的工作，曙辉特意请来南县文联主席肖正民先生——在来的路上他多次提到这位事业有成的艺术家。当一位身材高大、头发灰白、一脸笑意的人走近我时，我立刻感觉到了他扑面而来的艺术气质，忙站起身与他握手，我说："一看就知道您是位艺术家呢！"真的，我没有任何夸张的语言，就像有人描述他的那样："年过半百的他，已两鬓斑白，银丝夹在一头黑发之中，给人一种成熟、精干、老练又充满朝气的感觉。"接着，我们坐下来开始聊有关戏曲和音乐等方面的话题。正民主席向我重点介绍了南县地花鼓申请国家非物质文化遗产成功的经过，脸上掩饰不了满心的喜悦，我用本子详细记录了很多专业性和实质性的情况，并请教了几个我还不是很清楚的问题。后来看到大家都饿着肚子在外面等我们，我主动提出先吃饭，等会再继续向专家请教。

中餐安排得很丰盛。曙辉五年前是这里的"父母官"，他作风正派，勤政亲民，平易亲和，从大家对他亲热的态度上就可看得出他在此的影响力。回到曾经工作过的地方，应该是比较随意的了。平时看他的照片，总觉得于深沉和严肃中微露浅浅的笑意，大概是做政府官员时间一长修炼而成。现在的他却一改那种固定的表情，席间他谈笑风生，情绪饱满，甚至不时地说上一两个段子。当然，还不至于是荤段子——现在有领导在场的酒席往往都要带几个荤段子和黄段子，而且必定要有女性在场。曙辉只不过抓个谁谁编造编造故事调侃逗乐一下大家而已。每每如此，我便故作不知底细地笑笑说："我可要求证一下哦，看你这里到底是记叙文还是小说了？"可不，今天被曙辉编排得最多的就是正民主席了。老先生似乎很愿意成为大家眼中和嘴里的主角，乐呵呵地笑对大家的"戏说"。等到时机成熟，他就自己跳出来现身说法，介绍他写得最为得意的一些歌曲，说有次宋祖英唱他的一首歌，突然在录音棚里打电话给他说："肖老师，您那歌词里有两句最后的字分别是'推'和'退'，可唱起来是一样啊，我不好区分，您给改改吧！"正民主席一下急了，略一思索，说："那就把'退'改为'浅'吧！"那头的宋祖英高兴地说："好，就这样吧，谢谢您了！"

肖正民是土生土长的南县人，生于斯长于斯，由于长期受湖乡灵气的陶冶，文艺细胞特别活跃，吹拉弹唱、吟诗作对、谱曲作词，样样精通样样出彩。很长一段时间以来，他做过演员，做过乐手，将南县土生土长的花鼓戏演唱得出神入化，把传统的二胡拉得扣人心弦。正民先生业余时间喜欢读书思考、写诗作文，他的一首诗歌《门》在《诗刊》发表之后，引起了诗歌界的迅速反响，并被翻译成多种外文在国外传播，接着，出版了诗集《含蓄的风景》、散文集《爱与被爱之间》。就在其文学创作大步向前时，他内心跳跃着的音乐种子又萌生出了鲜活的"豆芽"，于是开始尝试用音符把稻穗、青荷、芦荻、芝麻豆茶等带进音乐领域。由他作词作曲的《庄稼后生》《我对祖国说》《我的小小村庄》《马桑树下》等歌曲连续五届荣获湖南省"五个一工程奖"，由他填词的歌曲《斑竹泪》摘取了中国音乐的桂冠——"金钟奖"。

正民先生打开他随身携带的文件包，取出最新创作的一首歌曲《洞庭仙子》，兴致勃勃地现场为我们讲述他的创作初衷，我坐在他的身边，又是新认识的朋友，自然他十分注意随时与我交流。有时候我的手机来了信息，低头给人回信息，他竟然停住不说了，我只好把手机收起来专心致志听他说话。我要过他用钢笔写得工工整整的歌曲《洞庭仙子》，一字一句大声朗诵，我被这首诗意浓郁的好歌打动了。之后，正民先生开始倾情演唱起来，到高潮的地方他激情澎湃、手舞足蹈，全身心地进入其中了。我忙掏出相机为他拍了几张照，想把艺术家这瞬间的独特姿态存留下来。唱完后，饭桌上所有人给予他热烈的掌声，都说这首歌是肖主席的力作，一定会在全国获奖的！正民先生也很自信地认为一定会获奖，他又以诗人的独特心理感受诠释了这首歌的内涵和构思："名为洞庭仙子，都以为这美丽的仙子会出现，但我自始至终都不让她出现，听众只闻其声，不见其人。艺术的魅力也就在此。"在座的一位朋友笑对他说："肖主席，您可是这'洞庭仙子'之父啊！"我立刻附和地说："对，您可称得上是'洞庭仙子'之父呢！"

走笔至此，我打开音乐盒，安静地欣赏正民先生写的歌曲《荷花谣》，婉转、悠扬、深情、缥缈："蜻蜓落花尖 / 莲桥小木筏 / 丽影托晴空 / 花香荷叶大 / 啊 望不尽的荷花 / 红红绿绿掩映着小康农家 / 啊 赏不

够的荷花 / 袅袅婷婷摇曳着南风的回答 / 南风的回答。"我想，浩渺美丽的南洞庭湖是音乐家肖正民先生的家乡，是他艺术创作取之不尽用之不竭的源头，相信这位艺术家、这位"'洞庭仙子'之父"一定会继续带着诗意走在洞庭湖山水、荷香之中，走在音乐创作的途中，为喜爱他歌曲的听众带来更多的好歌。

记忆中的吴老师

中国是个尊师重教之邦，有言道："一日为师终身为父。"回顾我一生的求学之路，所遇的老师恐怕有上百人，每一位师长都以其独特的音容笑貌和教学方式给我留下了深刻的印象，其中最难以忘怀的是初中一位数学老师。

老师姓吴，名志书，差点被叫成"支书"。五十来岁的样子，国字脸，短平头，眉毛有点往两边下"捺"。当他第一次站在讲台上面对我们时，分秒之间我就对他产生了一种信赖感，相信有这样一位好老师，我一定能够学好数学这门课。

吴老师最初教我们的是几何课。那些形状各异的几何图形初次出现时，曾经带给我们多少的兴趣和刺激啊！尽管我语文成绩一直很好，担任班里语文课代表，作文写得在全校师生中都很有影响。但自从吴老师教数学课之后，我不期然而然地爱上了数学这门课。每次上课我都能聚精会神地认真听讲，然后跟着吴老师的思路在课本上用铅笔和尺子划来划去。

吴老师操一口方言，就算偶然说几句普通话，也有些别扭。我更习惯听他用方言讲课，声音略有些低沉、浑厚，与他魁伟的身材和开阔的脸庞很是吻合。记得有次讲课时说到两个圆形重叠时，他用一句话来形容："九五顶五九，八五两边分。"具体是怎么样进行演算的，我虽然已经记得不很清晰了，但这句"十字口诀"一直响在耳边。

记得刚升初中学代数时，我的作业本上总要出现一些老师用红笔批改提示更正错误的记号，然而自从吴老师接任数学课后，我的几何作业本总是干干净净的，吴老师每次给的等级都是"优"，而且，多次在课堂上表扬我的作业做得十分认真，要同学们都来"参观"我的作业本。及至后来我为了保持数学作业本"绝对准确"，出于一种幼稚和虚荣，竟然把偶然出现的红笔叉叉用橡皮擦擦掉，更正后再补上一个勾。现在想来，汗颜不已。

初中毕业升入高中后，少有机会看到吴老师了，很遗憾不能再亲聆吴老师的教诲。每次上数学课，看到数学老师总有种陌生感与隔膜感，一旦对繁多的作业产生厌倦时，脑子里便回想起吴老师上几何课时我的"光荣史"。以后的数学课我再也没有了那时的激情，兴趣逐渐转移到了别的学科。数学，离我越来越远了。

很多年过去了，假期回到家乡，多次和同学们提到过吴老师，但没有谁像我这样对他记得这样清晰，他们中有的说见过，有的说一直没见到。后来又有同学说吴老师已经调去一所职业中专了，那所学校在距城十几公里地的郊外。直到有次春节回家，几个同学聚会时，才有一位同学告诉我说："你不是老提起吴老师吗？听说他上半年病逝了。唉，很好的一位老师啊！"我心里立刻悲戚起来，为吴老师，也为自己。既然吴老师在我的心里那样高大，那样不可替代，为什么不赶在这之前去看看他呢？未必没有"叶公好龙"之嫌吗？

内心的感情是真实的，久远的思念也是真实的，遗憾的是没有及时将对老师的一份感激和关心及时传送出去。在又一个教师节来临之际，我的负疚之心油然而生，那样一位让我尊敬的老师，本当早点去看看的，哪怕只见上一面，说上几句话也会感到欣慰。很简单的一件事，由于常年在外奔波，竟然一拖再拖，永远失去了探望老师的机会，失去了对老师表达自己一份心意的机会。有时候我在想，学生对老师尤其是自己喜爱的老师到底应该怎么样才算是尽到了一份心意呢？

逝者逝矣，流水一样不可复还，痛者痛矣，徒留一份遗憾在心底。此时此刻，我怀揣敬畏之心，走近那座小城，走近我的老师，深深地鞠上一躬，轻轻地说一声：敬爱的吴老师，对不起，我今天才来看您，但愿您在另一个世界过得更好，你脸上依然挂着那样安详的微笑！老师，您能听到我的声音吗？

笑星奇志

前些年，奇志和大兵的组合曾一度被称为是最合适的黄金搭档，他俩合作表演的很多精彩相声和双簧节目赢得了广大观众的喜爱和欢迎。到全国各地开会或者旅游，车厢里经常播放他们的演出录像或录音；有次和一内蒙的朋友聊天，也与我大谈特谈奇志和大兵。"奇志碰大兵，有理说不清"的广告用语传遍了大江南北、阡陌小巷，给普通民众的生活带来了欢乐和笑声。

认识奇志有一些年头了，那时候他还没怎么出名。记得初次见面是在我们湖南省演讲与口才学会的成立大会上，先观赏了几个节目，其中就有奇志表演的相声，然后是集体合影后的自由合影。我那时青涩拘谨，在人前有几分腼腆，被动地站在一边看着大伙儿怎么样嘻嘻哈哈地开心。奇志见状，很友好地邀请我站到他们中间去，微笑着对我说："快过来吧，难得大家今天在一起，我们合影做个留念。"

我自小热爱中国戏曲，以后的科研课题也是以戏曲研究为主。我的一位大学老师也是研究戏曲的，他建议并推荐我加入省文联的两个协会，一为戏剧家协会，一为曲艺家协会。他说："我是曲艺家协会的副主席，奇志是主席，我向他推荐你吧。"当我与奇志联系后如约来到省曲艺家协会时，他马上认出我来，说："原来是你呀，我们好久没见面了！"之后，很高兴地接待了我，还像多年前那样亲切友好。我怀揣的不安此刻全都烟消云散，奇志如今已是家喻户晓的大明星，开始还担心他拿架子让我尴尬呢。他甚至不嫌麻烦，亲手给我填写了会员证。奇志当时刚刚与他的学生和搭档大兵分手，看上去眉宇间略显忧郁。

奇志作为曲艺家协会主席，很希望以自己的影响力做一些有益于文化建设的事情。当时他正在筹划很多项工作，比如撰写剧本、构想活动、与电视台一起做栏目，等等。以后，他曾多次邀请我参与电视系列喜剧剧本的撰写，"主要多反映老百姓的生活，平时多关注他们，多留意身边的事情，当然，针砭时弊、歌颂崇高是喜剧的主要精神"。他充满希望地对我说。我用本子记下了他提出的几点要求和意见，也打算配合这位踌躇满志的主席做一点我喜欢的事来。然而，后来因为正忙于复习英语、撰写论文、职称评定等等，时间非常紧张，写剧本、参与活动的事情也就搁浅了。

说起来奇志只是个相声演员，但感觉他这个人喜欢读书，喜欢思考，也敢于批评。比如有次说到省电视台正在热播的一档"绝对男人"栏目，他双手交叉抱在怀里，一脸严肃，敛眉凝想，然后连连发问："什么是男人？什么是绝对男人？绝对男人的内涵到底是什么呢？随便一个人就可以进入超级男人的行列吗？你们看看现在那些参赛的小青年，不就是能唱能跳吗？这样就可以成为绝对男人了？"停了停，他又不无忧虑、一脸正色地说："在我看来，真正的绝对男人应该是那些叱咤风云的英雄，比如像曹操、毛泽东那样的人物。"

我点点头，算是认可奇志的观点。"绝对男人"是个电视选秀节目，参与者大都是一些外貌清俊、形体魁伟的男青年，且具一定的才艺。其实可以换一个栏目名称的，冠以"绝对男人"确实很有点名不副其实。我以为，真正的绝对男人，尽管没几个能成为曹操、毛泽东那样的一代伟人，但至少应该是社会上的中流砥柱，他们胸襟开阔、大气阳刚、敢于担当、文韬武略、智勇双全、临危不惧，且能成就自己一番伟业。

潇潇夜雨故人来

时间在岁月的隧道里快速奔跑，就像我们身边这个秋季，匆匆赶来，匆匆离去，一眨眼间就快接近尾声了。连续好多个日子，一场雨淋湿了一场雨，一个梦追逐着一个梦。菊花的气息在风雨中飘过来，沁人心脾，散发出淡淡的馥郁。

中式风格的竹淇茶楼门口挂着一排大红灯笼，在潮湿而清新的夜里亮得特别惹眼。"竹艺轩"房间里，我和乐维面对面坐着，边喝茶边说一些或熟悉或陌生的话题。更多的时候，我安静地听他描述在国外打拼的见闻。潇潇夜雨，有节奏地敲打着窗外的芭蕉叶，发出滴答、滴答的声音。

建华前些天给我一个电话，刚说了几句他就迫不及待告诉我说，乐维从美国回来了，你们现在说几句话好吗？我惊讶地问："他回来了呀？还记得我吗？"建华说："怎么会不记得？人家就是老提你嘛！"随之就听到乐维的声音从话筒里传过来，是一种夹杂着浓浓乡音的普通话，听起来既熟悉又陌生。

乐维是我初中的同学，那时候担任我们的班长，高大、儒雅，在同学中颇有领袖风度。他父亲是我们学校的校长，自然他的身份就比别人要特殊一点。当然，仅仅凭这一点还不能说明什么，乐维在当时成为全校的知名人物，更主要的是他严于律己、好学上进、学业优异。他是数学课代表，我是语文课代表，记得初中考高中时，全县他总分第一，我总分第三；他数学第一，我语文第一。说起来我们还真是各有所长、各得其所。

高考中乐维以绝对优势（专业第一名）考取了北京大学，其实他第一志愿只填写了华中科技大学自动化控制专业。意外接到北大的通知书后，那几天高兴得只想翻筋斗，从床上翻到床下，再从床下翻到床上——他自己后来告诉我说："那是别人想象的，我也听到人家这么传。但我当时很平静，也很不安，因为我不知道等着我的将是什么样的挑战。"所有的同学都为他感到高兴，因为他是我们的骄傲，来自各方面的祝贺足足让他幸福了一个季节。

之后，我们虽然也见过一两次，却没有从从容容说话的机会——初中时代的人要懂事不懂事的，男女有别，授受不亲，是个无法否认的事实。何况乐维在同学中一向有些傲气，还有点大男子主义，有些难以接近——关于这一点，他后来不怎么接受，向我解释说："我主观上是没有傲气的，只是当时对很多女生喜欢的话题，比如穿着打扮，我是不感兴趣的，所以和女生就没有话说。女生觉得我傲气可能就是这样来的。"

乐维谈兴甚浓，从过去到现在，从国内到国外，说到他后来去美国读博士，说到他现在的专业发展，还说到了自己的兴趣爱好。让我始料未及的是，他一个理科生，现在竟然对文学十分感兴趣，当我送给他一本我的小说集时，他不仅认真地翻看起来，而且还谈到了他的文学见解，之后告诉我说，他最近几年也写了不少文章和作品。

窗外的雨声越来越大，哗啦啦的，很有情致，为我们的谈话增加了不少气氛。我平时最怕闷气，总觉得包厢里空气不是很好，老是起身打开窗户，而乐维则不停地起身关窗户。看他连续两次动作，我估计他有些感冒，就不再去开窗户了。两个人说到快十一点才下楼，我在雨中撑着伞站着，看他上了车才挥挥手转身离开。

乐维回美国之前，恰好又是一个雨夜，他给我打了个很长的电话，告诉我说刚给我发了个邮件，还说看了我那本中篇小说集《女人三城》，"本来早就应该打电话给你，偏偏感冒严重。就是与你见面的那天开始的，我不是老要关上窗户而你总想打开吗？那就是我已经感冒了。这感冒一直跟着我，加上随着朋友东奔西跑看风景，没有时间来看你的书，所以也就没有给你电话。现在身体终于好起来了，这两天安心看了你的《空城》与《雨城》，感觉是很有意思的故事。《空城》比较紧凑，人物心理描写很细腻，也很能反映社会现实。只是对最后男主人公的失踪有点不太明白，当然，我知道这也许是你留给读者思考的地方。"

雨，在窗外滴滴答答地响着，听到乐维的声音，听到他谈我的小说，好是温馨与感动。

乐维继续说："你的《雨城》是用心写的，倾注了你很多的感情，对父母，对家乡。主人公晓玲或多或少有你的影子？但我不知道到底有多少？"听到这里，我哈哈大笑了，说："小说是虚构的呢，基本没我自己的影子，但人物身上有我的灵魂。"乐维说："明白了。主人公小时候的那些描写应该主要是你的童年吧？写得很好，人物的心理历程都很合逻辑也与现实吻合，反正我是写不出的。"

我对乐维说："你知道我读书时对写作文从不反感的，现在依然还喜欢写点作文，是的，作文而已，写着好玩吧，无非是自己对生活对现实的一些感触罢了，并没有太多的使命感。"

乐维似乎在思考什么——他说自己一直是个爱思考的人，差不多时时刻刻都在思考。一会他又说："《雨城》里晓玲最后的处理是一个让读者思考的悬念，应该说反映了你自己对网恋的看法。如果让我来处理，我会让她去见网络情人的，只是安排在见到'天上人间'以后会产生一种疑虑。或者，我对网恋的看法比你乐观一点。"关于这一点，我点头默认，确实，我对网恋还是持怀疑和否定态度的，尽管我将毕晓玲的网恋写得那么美好，但最终还是让她退却和逃避了。

已经很晚了，将近零点，乐维说："我明天早上六点的飞机，先聊这些吧，等我回美国看了你的《戏城》之后再谈点读后感。到时候也会附上几篇我的短文给你，你看看我的作文是不是进步了？"

在电话里与乐维告辞后，我立刻进入我的新浪邮箱，看到了他给我的留言，最后几句是："很高兴看见你。你比我想象得要好多了。看来你应该是'实现了自我'，现在是要'超越自我'了。"读到这些句子，有些欣喜，也有些不安，莫名其妙的，眼角在一刹那间突然湿润了。心，与窗外的雨融在一起，淡淡的，淡淡的。往时，今日，人生从一个车站走向另一个车站，乐焉？悲焉？谁又能说得清呢？

李教练的绝活

　　这些年有车一族越来越多，路虽然在不停地修，拥堵现象却越来越严重。当然，这是完全可以理解的。大凡现代人都想拥有自己的车子，或为工作需要，或为追求生活品质。对于有一定经济实力的人来说，有车倒不是件很难的事，学车却颇有些麻烦。学车过程的许多艰辛，任何人都能说出一番心得和体会，且各自有着一段不同寻常的独特经历。

　　我也跻身学车一族。自去年夏天的桩考过关后，一直忙于工作上的事情，顾不上接着去学了，直到最近才去驾校联系上了我的场内场外指导李教练。孰料今天上午刚去学了半天场内——其实才转了几圈起步、停车、过桥和过饼等，脑子还没理顺一些门道儿，李教练就通知我下午一点半钟赶来，可能会把车开到外面去练习。我本有午睡的习惯，但教练既然发话了，只好回家匆匆忙忙吃了中饭，稍事休息就往驾校跑。

　　李教练中等身材，皮肤黝黑，衣着随便，有时亲切随和，有时则严肃苛刻。据说驾校的教练多半让人望而生畏，训人是无书可对的。下午我忐忑不安地赶到驾校，看到李教练早已经等在车里了。我招呼他一声上车后，他便将车钥匙交给我，说正好有事去市里几个地方，顺便给我一个练习的机会。我很感谢教练对我的"重点培养"，心想莫不是我上午问了他一个"新年好"然后送上包芙蓉烟的缘故吗？主观臆测这年头大小菩萨都要烧香，除非你什么也不去想也不去做，老老实实待家里不出门。

按照李教练的要求，我系上了安全带，把车开出了驾校大门，从那条水泥路一直开到了有几条车道的洪山大路，来来往往的大车小车在身旁飞驰而过，我心里好是慌乱。偏偏李教练不停地要我"踩离合器""换档""再加点油门"。我只好麻着胆子手慌脚乱地按"指令"操作。看着这车子在我的手里呼啸前去，真是既刺激又害怕。平时练车的人好多，半天轮不到一回，今天来的人不多，李教练专为我开小灶，确实是一个练习胆量和车技的好机会。我一边开车一边安慰自己说：别怕，别慌神，记住朋友们经常说的要胆大心细。

原来以为李教练不会去很远的地方，哪知道他一直"指示"着时而"左转向灯"，时而"右转向灯"；时而加油门跟上去，时而改上右道……我整个人云里雾里南北莫辩，还要时不时地注意"踩离合器""换档""加油门""打转向灯""踩刹车……"尤其车开到市区时，似乎满世界都是人，我担心踩死蚂蚁一样小心，尽管李教练一直在鼓励我"开过去，开过去，只管往前开！"我就是不敢，真的不敢，唯恐撞上人，偏偏有的人老喜欢违反交通规则若无其事处之泰然地从车道穿过。记得我很小的时候学自行车时，也是刚会一点就上了街，当时心里也这么发慌。唉，平时看人开车还很容易很轻松的，到了我手里，怎么感觉这车比坦克还笨重呢？

李教练看着手忙脚乱的我，嘿嘿地笑了笑，说："别怕，别慌，车迟早是要开出来的，今天这样练过之后，你会越来越稳当，胆量也会越来越大，相信你很快就能学会的。"怪事，听了李教练的话，好像吃了定心丸似的，一路开过去，竟然再也不害怕了，觉得自己今天算是真正地开了一次车。

老天保佑，今天下午第一次开着车在市里转了一圈，有李教练坐在身边，心里很安稳，一路还算顺利。当我心情复杂地将车开回驾校时，突然感到很刺激也很亢奋，今天似乎越过了一道栅栏，那道栅栏就是我学车的一种心理障碍，从某种意义上说，我战胜了自己。明天，后天，未来，我也许不会再害怕了？

倘若你正在学车，会不会像我一样害怕？相信你遇上这样的机会也会和我一样，没事，只管勇敢地向前吧，有经验丰富、善于引导的教练在你身边，你大可不必担心，他可是你学车的保护神啊，你只管稳稳当当、大大方方地把车开出去！

第六辑　书韵流香

哦，淑女

我们读过很多经典的古典文学作品，不少知书达理、多才多艺的古代女子给我们留下了深刻的印象。是谓"淑女"。淑女是封建时代好女人的标准，她们笑不露齿、中规中矩、形貌出色，才情出众。早在《诗经》里就有了"关关雎鸠，在河之洲；窈窕淑女，君子好逑"的美妙书写。

然而，此一时，彼一时，时代不同了，在当下，你还能在哪里看得见这般的淑女呢？也许有吧，只是堪称凤毛麟角了。要么淑女的说法已经过时，要么淑女的标准已经改变。在美女如云的今天，美眉们长发披肩，蛾眉粉面，牛仔裤绷紧的屁股一扭一扭，一双长腿在寒风中裸露着，男男女女三人一群五人一伙你拉我扯勾肩搭背，口里还叽叽喳喳说个不停嘻嘻哈哈笑个不休。

观念陈腐的老朽们哪里看得惯啊，他们只顾乜斜着眼瞅瞅还要唉声叹气、连连摇头，唉，唉，唉！这世道啊！九斤老太的话跟着来了："真是一代不如一代了哦！"他们眼里留恋着的还是传统意义上的淑女。

古书里的淑女总是精通琴棋书画的，在我们的感觉里，旧时那些大户人家的女子，哪怕是丫鬟，近朱者赤，耳濡目染，一个个能诗会画，多属"郑家诗婢"，是万万不可小觑的。《红楼梦》里有抱琴、司棋、侍书、入画等，一个个芳名翰墨雅致，好不玲珑剔透！读者不免悠然神往于"宝鼎茶闲烟尚绿，幽窗棋罢指犹凉"的境界。

淑女们在落日夕阳或扶疏花影下手谈一局的兴致，现代女孩子大多是提不起来——在琴、棋、书、画中，"棋"即围棋，如今恐怕是普及率最底的了。稍有一点基础的不过仅仅知道"金角银边草肚皮"罢了，又有几人能洞晓"世事弈如棋，纹枰话人生"这游戏和人生二重主题的相通内涵呢？

中国最伟大的小说《红楼梦》里金陵十二钗均为极致的经典淑女，而十二个美丽绝伦、多才多艺的女子又各有性格和特点，其中林妹妹与宝姐姐二人的对比最为鲜明。一个纤瘦多病，如弱风扶柳，一个健康饱满，如丽日红云；一个说话尖酸刻薄，常不留情面，一个世故圆滑，善迎合众人；一个率性真实，我行我素，一个颇有心计，意上青云。如此种种，不一而足。

说起来也很有趣，直到今天，仍不断有人在讨论找媳妇是找林妹妹好还是找宝姐姐好？按今人的价值取向，大凡均偏向于宝姐姐。试问有谁愿意找那么一个病恹恹、爱使小性子、不会世故不会圆滑不会迎合不会弄巧不会遮掩、一句话不对就会得罪人的小姑奶奶做老婆呢？尽管林妹妹也在淑女之列呢。

淑女好比罐装老酒，醇厚清香却不新鲜；淑女好比线装古书，典雅耐看却过陈旧。如今虽然没有绝对的淑女标准了，但好女孩子还是大受欢迎的。当然坏女孩也自有男人喜欢，就像坏男人也有女人喜欢一样，萝卜白菜，各有所爱。倘若知书达理、又有才情的女孩子在言行举止方面把握好一定的度，所谓"动若脱兔，静如处子"，也许怎么样也会让人看着赏心悦目的。在这个与世界潮流接轨、先锋时尚的新世纪里，谁还愿意抱着有如过时的陶瓷罐和线装书的淑女不放呢？

说"隔断"与其他

在创作中篇小说《戏城》时，我将"没有结局的结局"处理得貌似很果断，在我看来，女主人公陶雨兰最终只能作出这样的抉择：离开这个既给她带来欢乐也带来伤痛的城市，从今往后，隔断所有与过去情感有关的记忆。有朋友读过之后说心里沉甸甸地隐隐发痛，大凡人都是心怀恻隐的吧？心地良善者容易悲天悯人，希望看到最后人物有一个美好的前景。这样恰好忽略了生活本身的存在，因为类似与当下"隔断"的现象屡见不鲜。毕竟"月有阴晴圆缺，人有悲欢离合"，且"人无千日好，花无百日红"。小说里面的主人公当然不是我，假设是我，也许会同样地选择"隔断"——与自己而言，向来崇尚的是一种至纯和永恒，尽管当今人心不古，何其难也，但凡根植的观念依然在我的骨子里生长和弥漫——任何的虚伪和欺骗，一旦察觉，便在心理上与之分道扬镳了。

中国戏曲的故事结尾浸透着中国文化的精髓，烙上了中国传统思维模式的印记，不难理解，读者喜欢大团圆的结局是有其思想根源的。我在前些年撰写的《论田汉话剧创作中的戏曲传统》一文中曾经提到，儒家的中庸、中和观念对中国文化有巨大的影响，是儒家思想的基本精神，也是中国文化的基本特征之一。中和之美是中庸之道进入审美意识转化而成的。中和之美与大团圆是中国人审美意识中具有联系的两个方面，在戏曲中表现得尤为突出。中和之美强调的是对立成分的和谐、统一，有悲就要有喜，有离散就要有团聚。在中国文学史与艺术史上，主流意识形态的提倡和为传统艺术熏陶出来的大众审美定势，使大团圆始终得以保持着主流地位。

难道我们只能够期待这样完满的结局？只能够看到月圆而看不到月缺？尽管我们的愿望是美好的，希望到处都是鲜花和歌声，但艺术对生活的概括和表现必须得遵循其自然法则。批判现实主义之所以在文学史上产生极大的影响，就在于能够冷峻、准确地反映生活，而且一针见血地揭示出生活的本质。那么，体现到具体的作品里，常常是我们关注和钟爱的人物命运不济：或情感的城池塌陷；或家事变故无常；或钟爱的事业受挫；或身体出现隐患，如《雨城》中的毕晓玲和《戏城》中的陶雨兰。毕晓玲在"状况"面前退缩了，而陶雨兰则是选择了逃遁，实质却是一样：与过去"隔断"，与现实"隔断"。

关于"隔断"，我在发挥着一般性的想象：山连着水，水连着山；山隔断了水，水隔断了山。路连着桥，桥连着路；路隔断了桥，桥隔断了路。太阳连着月亮，月亮连着太阳；太阳隔断月亮，月亮隔断太阳。人心连着人心，人心隔断了人心……世间常态，如是而已。

西方一直尊崇悲剧艺术。若将喜剧和悲剧放在一起比较，我更加相信悲剧的艺术魅力。鲁迅先生说悲剧是"把有价值的东西撕毁给人看"，这一点对世界各国的悲剧来说也许是共同的。我们的古典戏曲诚然很喜欢大团圆的结局，但蕴含于其中的悲剧性因素却比比皆是。具体矛盾的体现是通过人物的关系和活动来加以表现的。

人与人之间的阻隔就犹如心里横亘着一座高山或者一汪湖水，从前的亲密无间、心灵交融往往在不经意间变得无从捉摸，甚至给你看到的表情是冷落冰霜。这样的阻隔到底从什么时候开始，恐怕当事者也曾经一度迷糊。倘若能够一直迷糊下去倒也是好事，比如醉酒的人一般都很亢奋，或忘却红尘，或借酒消愁，那短暂的时刻应该是很幸福的——无烦无忧即为幸福。然人就最怕清醒，一旦清醒，什么样的前尘往事都一股脑儿涌上心头，酸甜苦辣，应有尽有。

说到这里，自然就想到了徐志摩为什么会写那篇脍炙人口的诗歌《再别康桥》了，他是性情中人，也是重感情之人，而且感情是那样执着、那样真挚，当他故地重游时，从前曾经拥有过的许多欢乐一下子浮现于眼前，让他短时间沉迷于一种美妙的享受中："满载一船星辉，在星辉斑斓里放歌。"然而，陶醉片刻之后，他又清醒地意识到，已经物是人非、时过境迁了，于是，满腹的伤怀和沉痛不期然而然地袭上心头，他决绝地喊出了自己的心声："悄悄地，我走了，正如我悄悄地来；我悄悄地挥手，不带走一片云彩！"

徐志摩的《再别康桥》何以广泛地获得认同和共鸣呢？不外乎人心都是如此，一旦清醒地意识到自己尴尬和不堪的处境，当得做出决定——隔断来自外界的干扰，隐逸"世外桃源"，拘囿于自己构筑的"围城"，周边还带上一道"护城河"，以此忘却过往的痛苦抑或欢乐。许多热衷喧闹红尘的人最后于青灯黄卷中向佛向善，究其心境大抵如此。禅宗六祖慧能之所以高于神秀，将南禅发展到了极致，就是因为他的偈语"本来无一物，何处惹尘埃"比神秀的"时时勤拂拭，莫使惹尘埃"来得更为彻底。

读庄子的"庖丁解牛"一文时，往往以为是告诉我们一个"任何事物都是有规律可循的，一定要遵循事物的客观规律"这样一个哲学道理，但我认为更重要的还是庄子的养身法，即不要朝有可能会伤害自己的地方去碰撞。秋风会伤人，秋风也会启迪人，在清凉的秋风中，我曾写了

《秋痕》一诗："一个秋天走向另一个秋天／许多个日子我都在倾听／鱼在水中，会不会发出笑声／云光的碎影，花朵般散落在／无人经过的小路／与那些落叶一起，铺成／这个暗淡而斑斓的季节／枝头的橘子，还想加深一层颜色／我也准备好了防寒的衣服／如果秋风一定要穿过我的身体／我会绕开躲过它的侵袭。"这首诗歌的结句我自己还比较满意，有一定的艺术境界，至少含有庄子养生的道理：明知道秋风会伤人，为何就不能够在准备防寒衣服的同时再绕过它的侵袭呢？庄子笔下的"庖丁"之所以能游刃有余，就是懂得如何生存和自我保护。

我曾写过一篇随感，从胡适的交友联想自己的所为，其中有这样几句："以胡适的交友准则来砥砺自己，不能不说是今晚的一个收获，是为欣慰，窃喜自己一直还能以友情为重，尚未有过任何伤害他人的恶行，一切释然，心便归于宁静。"最近读到紫砂的一首短诗，心里一动，正好此文已近尾声，就用她的诗歌作结吧："她已经学会了／不再去碰触任何火柴／哪怕那些火柴里／真的有天堂……"

从"乐户"说起

财富榜的建立，透明度的增加，相信大部分民众能了解时下各种各样的社会职业中，莫过于官员、商人和艺人等等最雷人、也最富足。一种现象，艺人——时下的称谓为："明星""大腕"和"艺术家"，他们出镜机会多，公众中曝光率极高，加上游戏规则和潜规则，一朝走红，名利兼收，星光四射，富甲一方。难怪通往成名大道的"小桥"几乎被那些向往"好风凭借力，送我上青云"的人挤得水泄不通。

如果我们溯根求源，回望一番历史，不难发现艺人在过去是地位最低下的一类，别的暂且搁置不说，单就戏曲艺人来说，曾经被称为"娼优"或者"乐户"，社会地位卑贱低下，从其出现直至近代一直如此。这类人的出身地位、社会舆论像大山一般重压在身，人格得不到尊重，身心也难以轻松。说到这里，我们有必要先了解一下自周代及至近代我国历史上的乐户制度。

"乐户"一词，该如何界定呢？最近我正在做一个有关戏曲的课题，阅读了大量的戏曲史料，戏曲史家张发颖先生在他的《中国家乐戏班》

和《中国戏班史》两部书中对"乐户"均有论述，与此同时，我还特意查阅了一些相关史料，两相对照，得知"乐户"最初见于南北朝的《魏书·刑罚志》：

> 孝昌已后，天下淆乱，法令不恒，或宽或猛。及尔朱擅权，轻重肆意，在官者多以深酷为能。
>
> 至迁邺，京畿群盗颇起，有司奏立严制诸强盗。杀人者首从皆斩，妻子同籍配为乐户。其不杀人及赃不满百匹，魁首斩，从者死，妻子亦为乐户。

从这段记载中我们得知"乐户"最初的意思即为罪人的家属。罪人的家属配为"乐户"，来源很早。汉代学者刘向《新序·杂事》言楚钟子期府中有南磬人，是因其父杀人按刑偿命，他才被免官到钟府为击磬（古代器乐的一种）人，其母亦为隶在市。男为隶，击磬，即乐工；女为隶，在市，即为娼。古人那时娼优不分，如此，其母子一家乃为娼优乐户了。

从以上看来，我国的乐户制度，其名称虽始见于北魏，但《周礼》《春秋》时已有之。其来源为获罪免官之家属人等，而且用另册以著录之。我们后人所说的"乐籍"，就是由此而来。

时至唐代伊始，为表示惠政，唐高祖李渊武德年间采用的"政策"为：

> 四年九月二十九日，诏太常乐人，本因罪谴没入官者，艺比伶官，前代以来转相承袭。或有衣冠继续公卿子孙，一沾此色，累世不改。

时光流走到宋朝，在配役俘虏及罪人妻子儿女为乐户为娼妓方面，依然沿用唐制。邓之诚在《骨董琐记·宋官司妓营妓》里面这样说："宋太宗灭北汉，夺其妇女随营，是官妓之始。后复设官妓以给事州郡官司幕不携眷者"。（见《宋史·张邦昌传》）。那位宋高宗赐张邦死，其妻则配车务营妓——营妓、官妓等，其籍均称为"乐籍"。如蔡相为成都帅，就有成都官妓尹温仪，本为良家女子，后失身妓籍，求蔡相除其乐籍。苏东坡等人为地方长吏，都有同意解除或不同意解除某官司妓乐籍的记载。

明代又是什么情形呢？朱元璋、朱棣父子亦把俘虏敌人之妻子儿女、罪人之妻子儿女配为"乐户"。如朱元璋把俘掳张士诚部下士卒之妻孥悉属别营，大凡共数万人之众，这样就引起了大臣刘基的异议（《明史·刘基传》）。解缙等人亦曾上言说："太常非俗乐之所肄，官妓非人道之所为。……给配妇女之条听之于不义，则又何取夫节义哉"（《明史·解缙传》）。再如祝允明《猥谈》：

> 奉化有所谓丐户，俗谓之大贫，聚处城外，自为匹偶，良人不与接，皆官司给良粮，其妇女装泽业枕席。其始皆官家以罪杀其人而籍其牝，官谷之而征其淫贿，以迄今也。金陵教坊十八家者亦然。

时代的脚步终于走到了清朝，统治阶级对历代相传的乐户制度逐渐加以改变。清兵刚入关那阵子，所有统治"政策"管理条文均承袭明制。直到顺治八年，则停止教坊司妇女入宫承应，更用内监（见《康熙会典》《大清会典》）。至康熙十二年，下令省府州县拜迎芒神、土牛，严行禁止提取伶人娼妇者（《康熙会典·教坊司》）。《京报》载："雍正元年夏四月戊辰，除山西、陕西教坊乐籍，改业为良。秋九月丙申，除绍兴惰民丐籍。又雍正五年夏四月癸丑谕：习俗相沿，不能振拔者，咸与以自新之路。如山西之乐户，浙江之惰民，皆除其籍，使为良民，所以励廉耻

而广风化也。"（见《癸巳类稿》）

从周朝开始历经几代的罪隶配为乐户与他们的后人世世不得为良的乐户制度，到了清代雍正皇帝即位后才得以废除，而且，艺人的地位随着皇宫和封建士大夫的兴趣日益提高。尤其昆曲的演唱普遍受到欢迎，使戏曲演出水平大大提高，艺术技巧日臻完善，优伶这一职业慢慢引人注目，并得到大众的承认和尊重。两百多年前的徽班进京，戏曲表演艺术更加深入人心，逐渐成为皇室和民间最为喜爱的艺术门类。直到民国，由于谭鑫培、梅兰芳等艺术大师的努力，京剧在京城唱得异常火爆，并迅速崛起，取代了独霸中国舞台数百年的昆曲，成为代表中国戏曲最高水平的"国剧"，自此，艺人的社会地位也迅速提高。梅兰芳能够拥有那么多"梅迷"，而且走出国门，在西方诸多国家演出并引起轰动，足以证明戏曲艺术的魅力和戏曲演员的地位。

历史上地位和身份低贱的艺人或者说"优伶"时至今日，则全是明星、大腕和艺术家了，他们拥有众多"粉丝"，且社会地位和待遇都很高，不仅生活优裕，且普遍受到观众的尊重和追捧。演戏、唱歌、说段子，你看，某大腕嫁女出手就是好几百万，某明星拥有多个上亿的别墅；一个"大家"可以拥有一个具各种样式的车队。

感谢时代的发展，感谢时代的进步，"乐户"的内涵和意义到今天有了天翻地覆的变化，就像一个曾经衣衫褴褛的人终于披上了华丽的外套，满身都是珠光宝气，相形之下不能不说是一件幸事。

楚渔的思维批评

多年前在新华书店看到一本曹文轩的《思维论》，随手翻看几页，始料未及地被吸引了，毫不犹豫买下来，回家后兴致勃勃咬着牙开"啃"。《思维论》主要从哲学的角度讨论艺术思维，对一系列重要的艺术命题进行了哲学上的重新审视，并着重阐明艺术思维多种范式共存的历史与现状。这样的一次阅读对于我本身来说是一个重要突破。当然，涉及哲学和思维一类的书并非一概拒绝，恰好认为这个方面的知识点是自己的薄弱和欠缺之处，往往试图有意识弥补一下，比如萨特的《存在与虚无》《释梦》、柏拉图的《柏拉图对话集》、尼采的《查拉斯图拉如是说》、张建永的《艺术思维哲学》等等，曾经很认真地阅读过，也很认真地写过若干读书笔记，但依然觉得这一类的文字艰涩深奥。哲学是理性思维的最高层次，对于女性来说，无异于一堵又高又厚的墙，难以逾越。

最近有机会读到楚渔先生的《中国人的思维批判》一书，再一次让我直面"思维"的相关问题，对于我来说是一次新的挑战。开卷很快就被书里类似"天问"的一系列思考迷住了，真正给人以耳目一新、超凡脱俗的感觉。让我颇为诧异的是，尽管楚渔先生很谦逊、很低调，但诚如新黎先生说的，该书字数不多，篇幅不长，但博通中外，纵横古今，天文地理、政治军事、社会经济、文学艺术，无所不谈，无所不精。

楚渔先生在开篇的第一章里，首先提出振聋发聩的问题："中国的历史，从宋代以后就由盛转衰，一直到近年，千余年没有摆脱被动挨打的落后局面。"泱泱大国，落后于西方的根源究竟是什么呢？然后从历史的纵向与横断面来追根寻源，且以诸多翔实鲜明的实例，条分缕析、抽丝剥茧地一一否定了三种主流说法，即两千多年漫长的封建社会和专制统治、以儒家思想为主体的中华文化、社会制度和体制问题，最后归结为"导致中国落后的根本原因是传统的思维模式"。如果习惯于接受一些习以为常的观念，乍一听到这样的说法难免会有些惊讶，或者以为作者是不是有意"出奇制胜"以吸引众人的眼球？其实不然。面对国人一度的"陷入"，楚渔先生极其冷静，既没有全盘否定传统的观念，也没有毫无根据地标新立异，而是在"重新审视以往的一些研究成果的基础上"进行艰难而深层次的探索与研讨，集大成地得出自己最后的结论。

对于楚渔先生的这种批判精神，我是由衷钦佩的。楚渔先生认为，中国人的思维模式是一种感性思维，属形象思维，起源于古老的《易经》，从一定程度上阻碍了中国科学技术的进步，尤其是后代诠释演绎的《易经》更甚，导致人们不去研究客观"存在"或自然规律的问题，很难以形成具有抽象概括能力的理性思维。楚渔先生还认为，中国传统思维模式的最大弱点不是因循守旧，而是模糊、混乱、僵化，导致中国人不善于思考和学习，创造能力低。这里，我不妨冒一下断章取义之危险引用一段楚渔先生书中的原话："我们还要强调一下：仅在中国大陆的知识分子和科技人员就比犹太人总数还要多好几倍。但我们的思想和科技成果比以色列如何？我们中国人应该感到惭愧。"如此看来，我们还真是需要好好地反思一番了。

在常情下，人们确实很容易犯一个连自己都意识不到的错误，就是缺乏自己对世界、对事物、对自己的正确认识，或流于盲从，或流于习俗，或流于狭隘，等等，种种因素，不一而足。在生活中，我们常常听人议论说，某某不错，很有思想，很有见地。何谓有思想有见地呢？无非是说某某人有着与众不同的思维方式，形成了自己独特的对世界的看法，比如孔子、屈原、鲁迅、胡适、王小波等人，他们都是在某一方面特立独行的"独行侠"，于是成就了自己某一领域的"江山"。据说雅典附近的太阳神殿门外面刻有一句广为流传的格言："人啊，认识你自己！"多么简洁而深刻！既揭示了一个人类容易进入误区的客观事实，批判了一叶障目、短视、斜视等现象，又提醒人们如何认识世界，认识历史，认识社会，认识现实，启示我们重要的是弄清楚中国曾经长时间落后于西方的真正原因。在如何认识个体的自己这方面来看，倘若都来读一读楚渔先生的这本书，都是有所裨益的。

我在想，楚渔先生的这本《中国人的思维批评》之所以能够得到《光明日报》王强华、《学习与研究》倪力亚、《求是》王茂华等著名理论家的肯定与高度评价，其主要原因不仅仅在于查找到了中国一度落后的病根，不仅仅在于观点新颖、论证有力，以及强有力的批判精神，更难能可贵的是楚渔先生对国家对人民的一种责任和忧患意识，绝非危言耸听、哗众取宠，而是具有实际的指导意义，希望中国突破惯有的思维模式，打破藩篱，改革创新，发展科学、繁荣经济，在世界上越来越强大。思维决定命运，大到国家与民族，小到集体与单位，再到个人。一个国家，一个单位，一个人，如果要谋求发展，首先就要有自己的思维方式，构建自己的思维框架，唯此方能够绘制出有别于其他的蓝图，方能够出奇制胜，永远立于不败之地，实现自己的宏伟目标。从楚渔先生的书里，我们懂得了很重要的一点，思维模式的模糊、混乱、僵化，是我们前进道路上的大敌。《中国人的思维批评》一书给人精神上的震惊和阅读时的酣畅淋漓，以我这区区一两千余字来加以解读远远不够，我只能够将之置于案头，慢慢消化体味，逐渐做到知行合一。

鲜活而真实的"城市面孔"

这些年迷恋现代诗歌，读过的诗集应有上百本，常有似曾相识、个性不足之慨。某天拿到刘哲散发着墨香的诗集《城市舞会》，翻开几页，顿有耳目一新之感。我以为刘哲诗歌特色可从以下六个方面加以理解：

独特的眼力：在人们的观念中，城市是社会的主体，尤其是在当代，诸多重大问题都是以城市作为出发点，因而，光怪陆离的城市成为刘哲诗歌"演奏"的主旋律。在他构设的一场"城市舞会"上，高楼霓虹、古镇老屋、大街小巷、凡人轶事相邀而至，一张张鲜活而真实的"城市面孔"，成为他诗意书写吟咏的对象。举凡一个著名的都市，当由具有某种特殊意义命名的街道组成，寓居长沙多年的刘哲，其笔下就有极富长沙特征的"坡子街""潮宗街""太平街"，而生活于这座城里形形色色的人物就在这些熟悉而又陌生的场景里出演着一出出或悲或喜的故事，只不过很多原本适合用小说来表现的，刘哲则选用了诗歌这种体裁。

按通常的观念，诗歌往往以表现雅趣高尚为主，颂扬、赞美、讴歌、弘扬、彰显、崇尚，等等。做过多年记者和编辑的刘哲，也曾下过海经过商，经历丰富，阅历深厚，在他眼中，似乎什么人什么事皆可入诗。无疑，刘哲是一个有心人，他以敏锐的眼光，站在灯光闪烁的暗处，捕捉到了容易被人忽略的影像。从某个角度来理解，刘哲的眼光很"毒"，他能从寻常生活中看出许许多多的"暗影"，如同给人做透视，肌肤下面到底掩藏了些什么，他会一眼洞穿。刘哲将触须伸到社会每一个细微的角落，但见繁华喧闹的都市，百态世相、各色人等，你方唱罢我登场。我想其诗歌集名为《城市舞会》，应是大有寓意的。

深刻的剖析："这是一个最好的时代，这是一个最坏的时代。"狄更斯的名言在今天看来依然有其意义。作为一个有责任心有担当感的诗人，应当全面而客观地看待历史，看待社会，看待生活，既颂扬时代也要解剖时代，既弘扬主流也要针砭时弊。从刘哲的诗行中可以看得见，他对社会始终保持一种关注与关切的态度，大到社会变革，小到人物言行。具体来说，刘哲习惯采用从整体到局部，又从局部到整体的方法，或将完整的事物"开膛破肚"，剪裁、撕裂、解构，清晰地还原事物本质与真相；或将支离破碎、鸡零狗碎的事物拾掇起来——缝合、弥补、整合。讴歌，惋叹，批判，评价，一切交给读者自己，让读者站得更高看得更远。用爱因斯坦相对论来解释，刘哲的诗歌有"物眼"，也即有"佛眼"。

丰富的意象：刘哲很注重营造与众不同的意象。在当下这个物欲横流的社会，人在现实的屋檐下常常感到无奈、恐惧、失落、挣扎。刘哲善于感知，他对常人所熟识的事物，寄予一种内在的情感，让所有冷冰冰的具像有了呼吸，有了温度，这莫不是一种人文关怀。从刘哲的诗歌中不难看出，当前社会的亮点纷至沓来。对于新生事物、时尚新潮的东西，刘哲一一拾捡起来，擦拭得铮亮铮亮，一个个词语在他笔下跃动着，故而他的诗歌无不充满了时代感与可读性。如《点赞》与《时代新词》中，他将这个时代最劲爆最时尚的展示给读者了，且融入了自己独特的思考："古时候的隐士 / 隐于郊 / 今天的隐士 / 是否真的 / 只能 / 隐于市"，这里提出了旧隐士与新隐士的甄别。著名诗人简明说："就一件作品说，通透的文字才能照亮自己，进而照亮别人。意象混乱是因为储备不够，而不是太多。当你拥有万顷果园，你的果盘是清爽的；假如你只拥有一棵歪脖树，你的果盘中一定会有猪草。"此话放在刘哲的诗歌上，再合适不过，他诗歌的语言是鲜活的，文字是通透的。

策略的叙述：叙述，是现代诗中特别讲究的策略，至少有两类：一类是外在的、平滑的交代，可称为柔性叙述；一类是思辨式、拆解式的，可称为刚性叙述。刘哲的诗歌，能够运用多种手法，在对庸常琐屑的生存状态叙写中，融进自己对社会的思考与批判。有时采取揶揄的语气，品评社会风气，嘲讽丑陋现象；有时采取"歪楼"法，有意不说眼前事，而是宕开一面，从别处说起，再回到原点；有时采用二元对立的思维方式，将事物两端以复式结构放在一起，各自加以解析，如《太平街》一首："太平街 / 太平间 / 一字之差 / 天壤之别 / 不同的是 / 太平间 / 很阴冷 / 亡魂在这里聚会 / 太平街 / 很热闹 / 丽人 / 爱在这里停歇。"诗人就是这样，不动声色，不加评论，只是零度叙述，爱憎喜恶的情感全都隐于词语背后。

简约的语言：刘哲的诗歌不像有些作品晦涩难懂，但也不是浅白直露，他多用贴近生活的语言写作，简洁干净、明快利落，少有冗长杂芜、拖泥带水。最初阅读时，未免会认为有点"白"，细细咀嚼之后，其实不然，越往后读，越能品味到甘醇可口，余味无穷。如《住院轶事》里的几句："愁绪 / 也如 / 我的那场高烧 / 才下 / 额头 / 又上 / 心头。"《痔疮》一首："疮 / 长在肉里 / 痛在心里。"如此，一个字一行，两个字一行，三四个字一行，在他的诗集中，随处可见，俯拾皆是，读来顺畅通达，蕴含丰富，余韵无穷。

精彩的结句：我特别喜欢刘哲诗歌的结句，常常匠心独运，起到"画龙点睛"的作用，给读者提供无穷的想象空间与思考余地。如第一辑

《棋牌游戏》中的"象棋"，最后几句发人深思："生活 / 其实都是一盘棋 / 无法下完的 / 残局"，看似简单，实则深刻，人的一生，谁能说自己可以画上完满的句号呢？山外有山，楼外有楼，世界上任何事物都有参照物，每个人心里都有自己的"大神"，自然，这样的句子极易引起读者的共鸣，体现了诗人善于从表象看本质的特质。《江湖》一首的结句："后来 / 才知道 / 江湖的最高境界 / 要么是相忘 / 要么是归隐"，读到这里，谁不会生出"时间是试金石"的慨叹呢？

总之，刘哲的诗歌文本不可多得，从内容到形式堪称是对向来新诗的一个突破。通过多个视角，以独特的风格，情绪饱满、略带忧伤地表现生活的复杂性，帮助读者形象而又理性地感知和认知当下万花筒似的社会生活与世相百态。

"看见"柴静

那年的十一月份，长沙城里天天都是绵绵细雨，正值金鹰节期间，身旁关注的人无不着急地说，你个老天啊，这么重要的活动，怎么总是下个不停呢？就不怕人家说我们湖南人不热情不贤惠吗？

十一月三日这天，天空仍在飘飘洒洒地下着雨，时令已是秋天了，风中还裹挟着丝丝寒意。我应邀赶赴湖南卫视参加一期《新青年》栏目的访谈节目，为了出镜更醒目一些，我特意换了身大红色套裙。抵达电视台时间还早，遂与另两位受邀嘉宾坐在一起说说笑笑的，均不知道这一期节目到底是哪方面的内容，其中一位说，电视台也不事先与我们通通气哦，怕到时候不知道怎么说话呢！我没他们那么着急，心想到哪座山唱哪首歌吧，不管什么话题，总可以说出些子丑寅卯的，即兴有即兴的味道。看一眼偌大的观众席，才坐了寥寥的几个人。

正聊得起劲时，《新青年》栏目主持人柴静从里间走出来了，这个女孩我只在电视上见过，喜欢她端庄娴静的风格。此刻在现场看她，还是平常所熟悉的样子，二十出头，短发，浅笑，温雅，内敛，脸上的线条既柔和又刚毅，身材匀称，不胖不瘦，举手投足间显得高雅利索，看上去很像一个邻家小妹。我想，这女孩年纪轻轻的，能够主持一档需要思想需要功底的栏目，殊为不易。

才一会儿工夫，观众席上就坐满了人，大多是踏着时间点来的。电视录像即将开始，现场各类工作人员纷纷做好准备。灯光师首先打出一束强光，照在柴静化了点淡妆的脸上，她开始展开职业性的微笑，在简短的开场白之后，请出了本次访谈嘉宾——著名纪录片导演彭辉。在热烈的掌声中，一位身材适正、面容清癯的中年男人出现在我们面前。待他坐定后，柴静便向我们这边走来，估计是要请我们说话了，会让我们说什么呢？还没等我想清楚，柴静已经来到了我们三个嘉宾面前，她竟然第一个请我谈谈对纪录片的看法！我稍愣了一下，旋即在脑子里搜寻关于纪录片的印象，这些印象协助我一股脑儿地说了一大段话，当时还有点"为有源头活水来"的顺畅之感。柴静轻轻将话筒从我手里取走，轻轻对我说了声谢谢，然后点评几句又将话筒递给另一位嘉宾。我细细回味刚才到底说了些什么……

待我们三人先后谈了对纪录片的认识之后，柴静便向观众介绍了彭辉的基本情况，大屏幕配合柴静的声音出现了一些相关画面。彭辉是个极有智慧和勇气的艺术家，他曾率领摄制组成员，冒着随时可能出现的生命危险，用了差不多四年的时间，进入有"生命禁区"之称的可可西里，拍摄出反映打击武装盗猎分子的纪录片《平衡》，这部片子"率先以极具震撼的纪实形态，把可可西里武装反盗猎和藏羚羊的现状公之于众"，因为这部片子，彭辉成了热门人物，受到社会和媒体的广泛关注与追捧，在国内外引起了强烈的反响。湖南卫视很多年来一直走在全国同行业的前列，当时请彭辉来湘做这档节目，恰到好处地赶上了一股"彭辉"热流。

柴静开始与彭辉一问一答进行访谈，在这样的过程中，我们了解到了关于《平衡》这部纪录片拍摄过程中的许多境遇，也认识了遥远神秘的可可西里，认识了大自然中珍贵的藏羚羊，认识了为保护自然生态而付出诸多的勇士。

这期《新青年》访谈节目很快播出了，我以为不会有太多的熟人看到，孰料那些天意外地接到好些个朋友的电话，一位北京的朋友说："你现在经常在电视上露面啊，我又看到你了！"

之后，再之后，我渐渐忘掉了这个节目，也渐渐忘掉了那个邻家小妹柴静。

不知道什么时候柴静已调到了中央电视台，担任《东方时空》栏目记者，偶尔看看她的节目，因有一面之缘，感觉有些亲切。2003年非典盛行时，柴静开始频频出现在荧屏上，她担任了《新闻调查》栏目记者，经常戴着大口罩，往来穿梭于非典第一线，采访抗击非典的医务工作者。在那种谈非典色变、人人对非典避之不及的日子里，柴静却勇敢地走在最前列。我注意到这个时候的柴静，虽然面容憔悴，心劳力拙，然而多了几分刚毅和沉稳，我在佩服她的同时，默默地为她祈祷，但愿她平安无恙。

2011年，柴静担任央视《看见》栏目主持人。2013年，她出版了讲述央视十年历程的自传性作品《看见》，一下火了，销量超过一百万册，成为该年度最畅销的书。《看见》是柴静个人的成长告白书，在某种程度上亦可视为中国社会十年变迁的备忘录。读到她清新生动的文字，我对她更是刮目相看了，没想到她有这么好的文字表述能力！我受邀赴多所高校向学生们作读书报告时，将这本书向学生作了介绍与解析。

让我想不到的是，最近，柴静更是火了一大把，她拍摄的《穹顶之下》演讲视频以刷屏的方式频频出现在网络与微信上，据说有三亿以上网民观看了。我也受不住诱惑，安静地看完了她103分钟的演讲视频。感慨这个当年的"邻家小妹"竟有这么大的能量，真是不可思议，不可小觑！时光的流逝销蚀了一个人的年华与青春，同时也丰富了一个人的才学与胆识。她的生命，有如耶夫若夫的诗歌那样：我不是活着，是在燃烧。

是的，一直燃烧着的柴静火了，她一时间成为了许多人心目中的英雄与女神。一个新闻纪录片，承袭了柴静《新闻调查》中的一贯风格，大胆暴露了一些社会问题，有人赞赏，有人害怕，有人辱骂，有人心痛。我在微信上看到两篇观点与态度截然不同的文章，一篇题为《真相，全部真相》，披露柴静的所为有着不可告人的目的，其所谓的自费拍摄也不是真实的，资金全部来自于美国中央情报局资助的福特基金会；一篇题为《心痛柴静》，说看到柴静单薄的身子站在台上，娓娓诉说着雾霾的原因、雾霾的毒害、雾霾的治理等问题，觉得很为她担心，很为她感到心痛，她一个弱女子，完全可以在家带着孩子，舒舒服服享受优裕的生活，何苦要整出这么大的动静来呢？一不留神就犯了别人的忌，来了个人肉搜索，把她的私生活也晾晒于大庭广众之下，骂骂咧咧，气势汹汹。

我毕竟不了解视频背后的真实情况，心里七上八下地想了很多回，还是想不出个所以然出来，不由自主又回想起了当初见到柴静的情景，倒是希望她能做回到那个清纯温雅的主持人，或者做回到那个可爱的邻家小妹，如此，未尝不好？

在青春路上且行且吟

原来只知道子非是一位颇有成就的小说家与剧作家,当他将厚厚的诗稿《生命的记忆》给我并嘱作序时,我有些意外,惊讶他在写大部头的同时还能够写出这么多好诗来。虽总处在忙碌之中,然不敢辜负一份难得的信任,欣然而允。

这部诗集围绕青春历程作了多视角的观察与体悟,多为即景随感,将自己二十余年的生活梳理出一个大体的脉络:生活拾遗—诗情柳忆—青春印记—思来想去—疯言疯语—只言片语。这种脉络是经线,是生命的走向,经线上还有若干纬线,也就是生活的横断面。子非通过这样经纬交织的结构,简洁而繁复地折射出自己对世界的观感。

子非是一个有心人,他以敏锐的眼光,悉心观察与审视着身边的一切,看风晨雨夕、花开花落,品世相百态、人情冷暖,理解的或不理解的,清晰的或不清晰的,每一个瞬间他都在感悟在思考。总观所有篇目,是诗人在青春路上的且行且吟。"生活拾遗"选择有特征的人物与事物,书写他们的内心情感、生长姿态,并寄予自己的情感与期待。难能可贵的是，子非对那些寻常人物如诗人、疯子、屠夫、守门人、行人、打更人，还有司空见惯的火柴、雷雨、老牛、足球等等都能用心书写。"疯子不知道自己被叫作疯子／疯子喜欢把别人叫作疯子""后来／诗人变成了疯子／而疯子却没能变成诗人"，子非善于捕捉生活中貌似游离而又类似的人物，写出了诗人丰富的内心世界与疯子单纯痴傻的特征，将他们的悲喜人生淋漓尽致表现出来。"他始终微闭着双眼／在梦里数着时间／审视着浮华里的过眼云烟"，写出了守门人在繁华喧嚣中的清醒与无奈；"行人，不断地行走／尽管看不见灯光，看不见道路"，写出了行人的执着与追求；"在那被冰封的黑夜里／还曾记得／一根瘦小的火柴／也能赶走一屋子的黑暗"，写出了闪烁于内心的理想之光；"沉睡的闪电／在这裂痕中／惊醒、咆哮、撕扯／将这裂痕撕碎／撕碎成一个个哀怨的孤魂"，写出了一种青春的悸动与激情、撕裂与孤独。"黑是白的影子／白是黑的镜子"，象征性、辩证性地写出黑与白这组对立统一关系。

"诗情柳忆"里不少篇目是诗人对"柳"的书写。子非善于感知事物，善于将冷冰冰的事物赋予生命，让其有呼吸有温度。在柳树面前，子非感念种种，心神飞扬，通过特定的意象寄予个人的情怀。感觉到他的诗句是从内心"长"出来或者"淌"出来的，极有艺术感染力，富有想象的空间，读来给人一种内心的契合，从而在心湖涌卷起层层微澜。读到第一首时，为人所歌咏赞颂的"柳"在读者面前却成了被人唾弃的"第三者"，我揣测是诗人不喜欢柳树的摇摆与纤弱吧？于是这个意象带上了诗人的主观色彩。再往后读，诗人对柳树重新定义，在特定环境下，柳树有着非同一般的意义，如"月下遇柳""雨后的柳""童年的柳枝""孤柳""家乡的柳""忆柳"等题目，都能读到诗人对"柳"的揣想、怜惜、企盼、回味、依恋等微妙而细腻的情感。

子非的诗歌有一定的张力与延展性。在"青春印记"中，印象最深的是"我把青春当了"，诗人对青春的追念、对青春逝去的无奈，对追踪青春的哀痛，还有孤寂、不解、遐想、沉默、感怀、企盼等心绪，浊浪排空般向你涌来。子非不过分追求诗歌的技巧，率性而为，随意而行，使其笔下的诗行纯粹而洁净，"如今，我已经一无所有 / 只剩下一张张苍白的当票 / 孤寂的夜里 / 我听见青春对我的哭泣 / 何时才能将我赎回"。青春真是个好东西，躺在青春里，可以哀怨，可以期待，还可以做梦，在"因为你"一首中，诗人爱意缱绻，情绪饱满，"在这深邃的夜里我要 / 用墨为你泼出一朵黑色的蔷薇 / 因为你 / 可以用你那迷人的双眸 / 点燃黎明将它找寻"。"微笑的镜子"一首，感受到了诗人内心的隐秘与幸福，"在我的梦里有一面镜子 / 它一直映着你的微笑 / 从此，我的梦里就开出了 / 幸福的花朵"。

布罗茨基说，读优秀的诗是在与天使侃侃而谈。我这里想说的是，读子非的诗是在听一位有思想有教养的人低吟浅唱。诗集中"思来想去""疯言疯语""只言片语"均闪耀着诗人的思想火花。在冷寂而孤独的岁月里，他是清醒的，亲情友情、爱情恋情、星辰日月、山川草木、风霜雨雪，这些细微甚至琐屑的事物，均一一跳跃在他的诗行里，有些近似成长过程中的"碎碎念"，尤其是第六辑中的短诗，在他的笔下自然成趣，灿然生辉，清新而活泼，睿智而机敏。值得珍视的是，诗人于这些琐屑中，浸润着浓浓的家国情怀，如"地震来了 / 十三亿颗心在滴血了 / 那沸腾的鲜血在一个个红纸箱里 / 被铸成了四个殷红的大字 / 咱们中华"，这里的小我俨然已经升华为大我了。

子非是位有抱负有激情的青年作家，我在他的最后一首诗"航行"中，读到了他对未来的憧憬与向往、执着与追求。"他启程时 / 面向这太阳 / 一阵欢跃的汽笛声飞过 / 他的眼里开满了 / 绚丽的朝霞"。子非很年轻，他正行走在青春的路上，行走在青春且行且吟的路上。他以前的诗歌，既有维度又有深度，有的虽略显生涩与稚嫩，但随着年龄的增长与阅历的丰富，子非会越来越成熟，越来越稳健。在他的眼里，一路走过去，随处都是风景，直至远方。相信如他自己所言，"当一声深沉的汽笛声飘过 / 在他的眼里却生出了一片浓郁的青山 / 风景是走出来的"，相信子非人生的风景与笔下的风景会越来越靓丽多彩。

最后一个巫师

　　于怀岸长篇小说《巫师简史》甫一面世便广受关注，这是当下一部不可多得的佳作，湘西人写湘西事，湘西人研究湘西文化，湘西人演绎湘西历史，湘西人抒发湘西情怀，有一种历史意识与精神延伸，为读者讲述了一个不可多得的湘西故事，多角度、全方位地展示出湘西诡秘多彩的历史空间，跨越西方传统美学上的主体与客体的对立、情感与外物的对立，在各种冲突中达到高度和谐，具有很高的艺术审美价值与学术研究价值。

　　我在阅读过程中感觉《巫师简史》与《百年孤独》《白鹿原》《江南三部曲》等作品有异曲同工之妙，叙述方面有美国著名作家乔治·R.R.马丁奇幻小说《冰与火之歌》之特点，神秘诡异、大气豪放、从容细腻。在书写人性的深刻、命运的苍凉与境遇的荒诞感等方面，与同类作品相比，均有着掘进的深度与拓展的广度。

　　《巫师简史》最值得称道的是文化底蕴深厚。作为湘西人，于怀岸对湘西这个特殊空间的文化特征、文化形态与文化符号都作过相当深入的研究，他善于吸收不同学科的知识，历史学、社会学、伦理学、军事学、美学等，对社会人生进行真实而深入的思考，这些思考伴随着个体的生命与心灵予以凝视与烛照。

《巫师简史》里的猫庄，既是一个地理名称，又是一个历史与文化概念，被作者从地理空间引入到历史空间，从而具有了丰富的文化内涵。在这个具有象征性和代表性的偏僻一隅，最为凸显的是儒家文化，小说具体通过塑造励精图治、问世入世、宅心仁厚的赵天国来加以体现，正如著名作家阎真所说，他"殚精竭虑、如履薄冰的一生只做一件事——保全族人的性命"。

中国传统社会属农业社会形态，从家庭——家族——宗族的血缘关系衍生出维护和强化这种关系的宗法文化，成为中国历史上的正统和主流文化，具有抵御灾祸、保护族众、增进团结、联络感情的功能。以血缘关系为纽带建立政治体系，以尊卑为级别为标准确立权利义务，以尊祖敬宗为原则凝聚族群力量，以伦常纲纪为准则处理人际关系，如作品中的祠堂、家谱、家族、族规以及对赵长梅的处罚等等。

另外，与作品相关的，还有丰富多彩的地域文化、民俗文化、民间文化、道教文化、巫文化等，均可一一梳理后作专题研究。

于怀岸有着惊人的结构布局能力与语言表述能力，《巫师简史》以其独特选材、史传格局、美学价值等，反映了中华民族自晚清至解放的大历史。这部气势恢宏的作品，跌宕起伏、层层铺排，展现了猫庄半个多世纪的历史变迁，为读者勾勒出一轴生动鲜活的历史长卷。猫庄是一个封闭的空间，作者以宏大的叙事，将诸多敏感、忧郁、焦虑、温情的细碎心绪密布在各色人物的言行之中，将诸多历史事件安插在这个有别于其他的空间，并逐步使之开放、呈现，充满张力，可谓大背景、大事件、大手笔、大情怀。

小说取材于晚清至解放初期半个世纪翻天覆地的大背景，作者在这个大背景下清晰地还原历史真实。全方位、立体地展现历史的变迁，苗民起义、新军运动、辛亥革命、湘西自治、中华苏维埃政权，包括后来抗日战争中的全民参与，是一次令人尊重的写作，体现了爱国主义和英雄主义，通过大历史、小人物这样的格局来表现历史。

作者善于学习和借鉴古今中外名著中的描写方法，层层铺排、步步深入地一一展现，这样的例子在书中俯拾皆是，最让人难忘的是赵长春率"抗日义勇军"在杨树铺以血肉之躯抗击鬼子那一段，写得荡气回肠，令人扼腕。

猫庄的巫师赵天国又是族长，他的一生就是保全猫庄与族人，为了尽到自己的职责，可谓殚精竭虑、用心良苦，传达出作者悲天悯人的大情怀，源于作者对家乡的人文关怀、对历史的尊重，表现出一个有正义感、责任感、使命感的作家应有的良知与情感。

《巫师简史》是一次史诗般的叙写。作者以丰富、可靠的史实为依据，用纵横捭阖、挥洒自如的大手笔，再现了中国社会上下五千年的历史，为读者展示了一个波澜壮阔的时代，以一个湘西巫师的特殊境遇与生存智慧来反映那一代人的传奇经历。

在《巫师简史》中，历史时空与个人生活细节疏密有致地编织为一体，成为有机整体。在艺术表现手法上既承袭传统，又借鉴西方，既源于现实，又虚构离奇。似乎现实主义、浪漫主义、魔幻现实主义与现代主义都留有痕迹。现实主义追求"以人为中心的价值理念，主张作家艺术家应该热爱生命，热爱生活，热爱民众，体现深切的人文关怀。"小说写了猫庄，成功地塑造了赵天国、雷老二、彭学清、赵春来、赵长梅、彭武芬等栩栩如生的人物形象，是典型环境中的典型人物，此为现实主义的感觉；小说按照自己的理想，塑造了赵天国、雷老二、赵春来、彭武芬等艺术形象，是他钟爱的神性人物，此为浪漫主义的感觉；小说把现实放到猫庄这个虚幻的环境与气氛中给予现实、客观的描述，并插入湘西特有的怪诞、离奇的情景，如法器的神谕、飘魂、赶尸等，还有一些内心独白、自由联想、意识流的运用，此为魔幻现实主义的感觉——《百年孤独》之后，不少作家多多少少受到些影响，《白鹿原》中白鹿精的描写、《人面桃花》里的瓦釜、《巫师简史》里法器羊胫骨的描写等。尤其是结尾处，《百年孤独》里写奥雷里亚诺开始破译他正度过的这一刻，译出的内容恰是他当下的经历，预言他正在破解羊皮卷的最后一页；《人面桃花》结尾处写秀米看他父亲留下的瓦釜，看到了她的过去与未来。于怀岸或者并不想刻意被哪一种表现手法所拘囿，或者是博采众长、集大成地运用传统与现代相结合的表现手法——用宽阔的笔触、粗犷的线条、鲜明的色彩来表现"主观化了的客观"。而且，小说整体基调是悲怆凄凉的，猫庄的结局、众多人物的结局似乎都是命中注定，只不过要有一个"演出的过程"，这些人物的故事有理想的美好与现实的扭曲，有成长的印痕与失败的教训，有生命的鲜活与人生的困顿，所有的崇高、神圣、义道、责任等等，都被残酷的现实与时代的变化解构得七零八落、支离破碎，归于现代主义的写法也有一定的道理。

略嫌不足的是，小说对情节的发展似乎交代得太过清晰，设置悬念不够。其实可以不断地埋下谜面，必要时再一层一层解开谜底。比如长梅出嫁那天遇上姚大榜，没必要点出是他，只对其外貌特征描写一番，待到后面再次相遇时，读者心里自然会明白的。如此，作品或许会更加充满艺术魅力。

黯然中的一束光亮

巴西的"国家诗人"安德拉德是现代主义诗歌运动的领袖人物，其诗歌创作独具韵味，自成风格，往往以诙谐幽默的笔调探寻人类心灵的孤独以及人性的本源。读安德拉德的诗歌《花与恶心》，很容易让人想起萨特，因为萨特写过一部名为《恶心》的小说，里面的主人公洛根丁，有一天突然发现对周围的一切都感到恶心，包括公园、城市以及自己。萨特试图说明，世界是荒谬的，个体的存在与外部世界有一条巨大的鸿沟，恶心是人对这个世界的感觉。萨特还有一部小说《词语》，是他在找不着精神依托时写的，他认为很多人只是在为自己的一种"镜像"生活。这种联想看似突兀，其实也有其合理之处。在我看来，诗人与哲学家从来都有共同之处——诗歌有哲学的思考才有凝重感和丰富的内涵，哲学往往借诗歌的形式表述自己的观点。对同一事物的看法，诗人与哲学家有异曲同工之妙。

安德拉德不是哲学家，然而他的目光却十分犀利敏锐。《花与恶心》是他很有影响的一首诗歌，初读时感觉他不过是在宣泄一种向来的内心孤寂与怀疑情绪。反复品味后方明白诗人有着自己独到的批判精神和理想期待。《花与恶心》分前后两个部分，前面部分是诗人对社会不合理处的揭露与批判，同时还毫不留情地解剖了自己；后面部分以一朵花的出现寄托诗人一种社会理想以及对国家、人民的责任与期待。

诗歌开头一句"我一身白色走在灰白的街道上"，如果不了解他所处的社会背景，不了解他的内心世界与情感指向，或许会揣测一番他的身份，医者？病人？疯子？幽灵？紧接着他给了一个回应，忧郁症、商品的诱惑，等等，似乎可以确证，诗人确乎是某种意义上的"患者"，是这个时代导致了他的忧郁症，病因在于身处物质文明与商业化时代。在诗人看来，这个现实世界不堪入目，以至于一切在他眼里都那样支离破碎，荒芜杂乱，很难圆满。可见诗人在专制下对人的生存境况持有悲观的情绪，他也不相信诗歌可以作为纽带帮助人与人之间沟通交流。

有人评价说安德拉德的诗歌从物理环境与精神状态两个维度反映瓦加斯独裁时期的压抑感与呕吐感。从诗歌文本来看，他的诗歌是在场的，有明显的现实感，有强烈的批判现实主义精神。安德拉德诗歌的触须延伸到社会的每一个角落，关注每一个被忽略、被践踏的小人物。"钟楼上的钟眼"，其实是诗人的眼光，他看到的都是粪便、烂诗、癫狂和拖延，管理者去哪里了？时间去哪里了？为什么一切都这般颓废、癫狂、不堪入目？一切都不可避免地陷入某种僵局。这是诗人对当时社会文明的一种质疑与批判，诗人不能不怀有恻隐之心，他感觉到更多的是无奈，只能徒劳地为自己找到一个解释。他不相信别人能够感觉得到，或者说根本听不到他的声音，所有的一切都存在于自己内心。说出来的"词语"并不能够完全代替事物，因为任何事物都"有着暗号与代码"，可以用隐喻、象征、引申等来表达。诗人年轻时是一个无政府主义者，难道同时也是一个悲观主义者吗？缘何在他眼里所有事物都那样让人感到悲伤？

诗人对他所处时代是有批判的。"四十年了，没有任何问题被解决，甚至没有被排上日程"，不仅指出政府的管理无力，还表明人民的一种生活状态，人民没有生活保障，没有言论自由，这个世界既不属于人民，也不属于诗人自己，大家只能通过报纸"拼读出世界"，这是多么可悲的事实啊！诗人不能不大声呼吁，"大地上的罪行，怎么可以原谅"，从这样的反诘句看得出，尽管诗人身不由己参与很多，但毕竟有一个明智的自己躲在一旁观察，无可奈何的自虐口气，是诗人的自我解剖和自我批判。

诗歌的第二个部分表明了诗人的态度，他站在人民一边，体察人民的苦难，关注人民的现状。一九一八年那个被称为无政府主义者的男孩，一个愤怒的少年，在现实面前不能寄微弱的希望与仇恨。诗歌采用象征的写法，一朵花的呈现，仿若黯然中的一束光亮，这样的光亮穿过城市，当街绽放，"捅破了沥青、厌倦、恶心和仇恨"，预示一种"尚未明朗的形状"、从未有过的解放性力量，或者可以说就是后来的革命运动，表达了诗人对未来的向往，表明他的眼睛与内心是澄净明亮的。后来巴西政府的表现以及人民的反抗斗争，让人赞叹诗人对未来事物的预见性非常强。

有破就会有立。可以说，"恶心"是处于觉悟中的现代人对自身处境的反应，这种反应表现为一种厌烦，一种不适，一种觉悟，一种众人皆醉我独醒的孤独感；"一朵花"则以象征的手法表达了诗人的理想追求，表达了对未来的希望，表达了对国家未来的美好期待。安德拉德曾经说过："我们必须使巴西拥有他没有的、从而至今他不曾体验到的东西，我们必须使巴西拥有一颗灵魂，所以一切牺牲都是伟大、崇高的。这会使我们得到幸福。"由此可见诗人对国家对人民的关切与热爱之情，也更好地诠释了诗人在指斥社会丑陋现象的同时更多的是对国家对人民的责任与牺牲精神。

后记

　　应凌翔老师邀约并严格审定通过的两本散文自选集终于定稿,《永恒在刹那间收藏》已经面世,《向一棵树倾诉》即将付梓。按一般的套路通常得说点什么。只是想说的太多了,到底要说些什么好呢?本拟用我一本散文集《记忆房间》之后记权当后记的,然又觉得意犹未尽,那就再唠叨唠叨吧,说点与书与文字有关的闲话。

　　起笔时,突然想到一幅名画《富春山居图》,乃元代画家黄公望所作,山水疏密有致,墨色浓淡相宜,从总体看,并非只对富春山水作如实描绘,而是隐含着画家对这片山水的痴爱情怀。翻开长卷细细琢磨,其着墨的每一处痕迹,哪怕是浅浅的一抹,都洋溢着画家非同一般的眷念与用情。有人这样评价黄公望的《富春山居图》:"凡数十峰,一峰一状,数百树,一树一态,雄秀苍茫,变化极矣。"我亦想改而用之,希望我的文字中"凡数十景,一景一状,数百人,一人一态,雄秀蕴藉,变化极矣。"也许不尽合适,甚至颇有牵强,但从中可见自己对营造一种独特的笔下景观、笔下情致、笔下气场的向往与眷顾。

对文字的执念与痴迷，让我一辈子困在书里。我的"篱笆书屋"，三面墙壁站满了书，高矮、厚薄不一，也算是坐拥书城吧？终究算不算一个书生呢？藏书、读书、教书、写书，与书为伍，按说也算是吧？我先给自己这样定位了。

回想 20 世纪末书本匮乏的中学时代，恰是读书的大好时机。一次，有位同学偶尔到我闺房转转，看到我桌上齐齐整整的书，惊讶我何以能有这么多书？适逢我买到和借到一些珍贵的中外名著，我只是笑笑，并未解释什么。也许从那时起，我就成了书的俘虏。中学阶段，我的语文成绩一直很好，在县里组织的统考中语文成绩位列第一。除了担任班级学习委员，还兼任语文课代表，每次作文，有的同学愁眉苦脸，而我都是开开心心、认认真真地写，还巴望着多上点写作课。作文交上去之后，期待着老师的批阅与点评，当老师在讲台上朗读与评析我的作文时，感觉真像过一个热闹的节那般快乐。

后来考上大学，成为中文专业的学生，顺其自然；再后来成为高校的中文教授，顺其自然；最后成为文学创作者，顺其自然。是的，我的一生都在做我喜欢做的事，而且可以不断地做下去，直到生命的尽头，幸莫大焉！

我对自己的写作没有任何奢望，不图名利，不求闻达，不为获奖，只是一个随意而行的写作者，准确地说，一个生活的忠实记录者。我读过很多遍马可·奥勒留的《沉思录》，信奉他"写给自己"的写作态度。按照我自己的方式，一路前行，一路观景，一路循着内心的呼唤，将所见所感记录下来，把想说的话说出来，带着自己的体温，希望自己笔下一处又一处不凡的风景、一个又一个不凡的人物站成奇观，成为近似黄公望笔下雄峻秀丽、恬淡静谧的山水画图。当然，有点近似奢望了。

最近，幸运地遇见解放军报的资深编辑凌翔老师，他热情邀约参与《当代著名作家美文自选集》，多好的机会啊！欣喜的是作品主要不是给那些曾经沧海难为水的成人们看，而是给那些在人生道路上成长中的中小学生阅读。这是件让我多么舒心惬意的事！从二〇一〇出版散文集《子夜独语》开始，再到二〇〇三出版散文集《沉在湖底的天堂》，再到二〇一六年出版散文集《记忆房间》，说起来怪怪的，一个三年，两个三年，三个三年，三三得九，九生万物，九年时间了，行文百万字，不知不觉，还真是个收获的季节。我得将三个三年来的沉吟与思考，细细回味，编辑成册。整理若干时日，回头一看，竟然多为对过往生活的回忆，纤弱的身影，陪伴的亲人，苦涩而纯粹的生活，倔强而无奈的感受，时至今日，有几分亲切，也有几分陌生。

儿时的痴傻，成年的迷惘，异域的慨叹，书斋的沉吟，唱主角的多为自己。不管这出人生的戏唱得怎么样，终归是属于自己的生命印迹，有机会将若干瞬间串起来，算是留给自己的珠玉吧，敝帚自珍。

我的《向一棵树倾诉》通过著名编辑的组稿、编辑、指导、把关，目前已经成型，即将付梓出版。值此之际，首先感谢著名作家、主编凌翔老师；感谢省、市作协给予的鼓励与支持，感谢诸多作家朋友一直积极鼓励。感谢总在关注我鼓励我支持我的诸位亲友。我的生命中与你们相遇，有你们一路陪伴，真好！

路漫漫，看不到尽头，但我一直在路上。

许艳文

2019 年 5 月 20 日于篱笆书屋

提高现代文阅读和写作成绩的金钥匙

许艳文作品
阅读试题详析详解

花开的声音

 年前年后，许多天里都喜欢窝在家里足不出户，肆意放纵着自己的慵懒。今天终于到了上班第一天，带了点假期的倦怠和新年的余兴出门。天正下着牛毛细雨，我提着伞却又不想撑开，一任这雨静静地拂面而来，倒有种分外清爽的感觉。

 在经过我居住的院子时，蓦然抬头，看见一株株间隔几步远的茶树上已开出了花儿，有大红的，有粉红的，还有浅白色的，经过昨晚一场新雨的滋润，越发显得色彩明丽，妩媚喜人。我从来是个爱花的女子，当然，爱花应是女性共有的特点吧？花开的季节，带给我们很多欣慰和遐想；花朵的绽放，能在你心的锦帛上织就一份赏心悦目的美丽。①我奇怪一直被我漠视的这个区间，怎么茶花盛开之后一切都那样惹眼了呢？就连那些寻常不过的树也变得生动了许多。此时的我滋生着一种急切的渴望，到底渴望什么呢？一时连自己也说不清楚。

我怀着孩子般的童心在那些茶花树前流连。雨，越下越大，树叶发出沙沙的声音，柔弱的花瓣微微颤动，我的心不觉为之揪动着，似乎这雨点滴在我心上，慢慢淤积起来，逐渐荡开一池心事。

忧伤就这样不期而至，始料未及在心里结霜。设想谁的心里没有忧伤？人往往都是很容易酿造忧伤的，莫非我今天的忧伤始于这色彩斑斓的茶花吗？想起几年前蔡明在春晚节目中幽默而夸张的台词："为什么呢？"春天的景色，你何以无端得像个魔法师，喜欢把人的心思变来变去搅得人少有安宁呢？

②在花的世界里，也许生命中一切的不完美以及生活中本身的不完美会得到某种程度的弥补和充实，置身其间，你往往会因为它们的存在而产生某种符合情理的联想。雨，还在淅淅沥沥地下着，我的心不免为那些漂亮的茶花担心起来，我担心它们懦弱，经不住风雨的摧残，风雨中需要多大的隐忍和坚强啊，难道任由风把花瓣吹散一地吗？风吹散的仿佛不是花瓣，而是我心里一直积郁的忧伤。

很长一段时间来，我已习惯怀一腔愁思然后在合适的时候慢慢消化。眼前的景，让我耳边响起一句旧歌词：时光匆匆又一年，时光匆匆一年一年又一年。太阳还是那个太阳，月亮还是那个月亮，花儿如常开放，春天适时到来，然很多情况下物是人非了，也许，人的风景今年与去年一比大不相同，你或许变得比去年更成熟更富有，或许变得比去年更消沉更衰老……我们能够捉住岁月的双手吗？我们能够留住岁月的身影吗？慢点、且慢点，时光老人，你可否让我们走得更从容一些？

此刻，思绪如野草般疯长，止水般的心湖荡起层层涟漪。冥坐窗口，往外看去，天，低沉得有点压抑，雨，还在淅淅沥沥，灰白色的云淡化着整个天际，远处的山峰隐匿得只看见点浅淡的轮廓。在这样相对宁静的时刻，我时而沉吟，时而遐思，最后竟自大笑起来，自我感觉是那样爽朗，似乎很久都没这般开怀地笑过了。我听到空中有我的回声，好像不只是我一个人在笑，有很多种声音在应和着我，也许，是和煦的春风带来了欢乐的气息？带来了更多的热情？早开的花在唱它未完的歌曲，我的心也在它欢悦的声音中开始融化。

很久没说话了，想说点什么却是欲说还休。在这样一个花开的季节，在这样一个惹人情怀的季节，我究竟想说点什么呢？

1. 为什么作者说手里提着雨伞却又不想撑开呢？

2. 画横线①、②的句子分别反映了作者怎样的心理感受？请分析其表达作用。

3. "我们能够捉住岁月的双手吗？我们能够留住岁月的身影吗？慢点、且慢点，时光老人，你可否让我们走得更从容一些？"一句用了怎样的修辞？怎样朗诵才有艺术效果？试拟写一个朗诵计划。

4. 文章末尾处"很久没说话了，想说点什么却是欲说还休。在这样一个花开的季节，在这样一个惹人情怀的季节，我究竟想说点什么呢？"应当怎样理解？

参考答案：

1. 其一是心理上的感受，好些天窝在家里，多少有点拘谨憋闷，跑出门去，希望尽可能洒脱点；其二是视觉上的感觉，撑了伞不方便看风景，失去一览无遗的效果；其三是一种象征意义，对于自己未来的人生，雨伞哪里能够保护呢？那就任凭雨打风吹去吧。

2. ①这是一种心理感受，很容易在读者心中产生共鸣感。平时司空见惯的事物，未能显现任何特质，自是熟视无睹，而茶花的盛开，改变了环境清冷的基调，因而格外醒目了。

②花开的季节最绚烂最完美，而人生却总是有缺陷不完美的，作者对真善美的追求从这里可以看得很分明，人生的不完美可以在开花的季节得到某种意义上的补偿。如文中所说，"生命中一切的不完美以及生活中本身的不完美会得到某种程度的弥补和充实"。

3. "我们能够捉住岁月的双手吗？我们能够留住岁月的身影吗？"是对偶句，也是问句，朗读的时候要在句尾扬起来，以表问句的分量与意义；"慢点、且慢点，时光老人，你可否让我们走得更从容一些？"是比喻、拟人的写法，要尽量慢读一点，一是表现时光老人的步履，二是表现姿态的从容与自若。

4. 结尾含蓄而富有诗意，作者不是无话可说，也不是不知道怎么说，正是想说的太多了，感觉眼前风景太美，千肠百转，欲说还休吧。

沉默的秋日

入秋以来，持续头痛了若干时日，两边太阳穴绷紧得让人发晕，做什么事也没有了情绪，好在国庆中秋黄金周有那么好几天假，想心安理得休息几天。本来有亲戚朋友在这之前纷纷相约着去哪里哪里的，可我一概都没有点头，借着有病的理由一一婉拒，倒是这一来每天多了许多的关切和问候，"及时看医生去""好好休息""别太累了""别想太多"云云。哪一条都可以做到，就是"别想太多"恐怕有点难——毕竟是人啊，是活着的人，是还能够思维的人，一息尚存，自然总有些需要去想的事情，其实，这确实是累了自己，看来国家放假只能够放了一个人身体的自由，胡思乱想是自己的事，累又有谁能知呢？

人很容易受天气的左右。前几日晴空灿烂，秋高气爽，虽然蜗居在家不想出门，但终有一日受不住阳光的诱惑，便邀上几个伙伴去登了一回山。艳阳当空，清风拂面，自是一种爽心惬意的感觉。我平时最怕爬高，记得一次去爬黄山，不知道中间停歇了多少次？本来完全可以坐缆车上的，但抱定要好好锻炼下自己的身体和考验下自己的意志，硬着头皮咬着牙上，到达"光明顶"时已经累得说不出一句话了，但毕竟上了山，多少有了种志得意满的获胜心理，至少战胜了自我。现在的山不是很高，稍稍有点儿累，但和黄山一比照又仅仅是小巫了。气温比较高，到得山顶已是大汗淋漓了。想起一句比较时尚的话：①请人吃饭，不如请人出汗。心下在细细揣摩这话到底有没有道理啊？

说也怪，头痛的症状吃药打针好几天都不见减轻，爬过山出了汗之后却感觉轻松多了，很多不快的事都被抛到了脑后，此时绝对不会想起。坐在一棵合抱粗的大银杏树下，听林中鸟儿不知疲倦地啼叫，一刹那间竟然有了忘我的感觉，这会我不知道我是谁？也不知道我在哪里？身边的小溪似乎是从云天上流下来的，山那边的亭子里隐隐地有些人影在活动，他们又是谁呢？幽居着的心魔此时已经逃遁，试想忘掉忧伤能够像忘掉快乐那样容易吗？

回到家中以后，头又开始痛了，我记起了朋友的话："别想太多！"难道真是我想多了吗？我哪里是自己愿意去想呢，经常是不期然而然。在当下喧嚣的人群中，我们往往习惯仰望物质的天空，尽管都在寻找自己的精神家园，然而很多时候都会感觉孤独和寂寞。②有句老话："沉默是金，开口是银。"可我又很快地想到了鲁迅先生在《野草》题辞中的话："当我沉默着的时候，我觉得充实；我将开口，同时感到空虚。"一个夜里，我都在品味和咀嚼这句话的含义。

中秋之夜，皓月高悬，周遭充满了温馨与祥和。旧时月色，算几番照我？清寒缕缕，霓虹闪烁，忘却春风词笔。我躲开一切热闹，独倚窗前，继续我的心之旅，继续追寻我那个久远的梦。光阴荏苒，流年似水；百劫磨难，今生未卜。我该何往？也许，没有坦途，也许，布满荆棘，仰望天上的明月，能否请你带我走过迷蒙之境地，让我去观瞻一番那个神秘的梦乡……

当我把头轻轻转动起来时，头痛的症状开始减轻，脑子一下清晰起来，儿时的梦影，不知不觉浮上来了，我揉揉眼睛，分明看到月下有一个老人在向远方走去，那老人的背影我很熟悉，我有了一种冲动，很想大声地叫上他一声，可我感觉喉头有点紧张，竟然老半天说不出一句话来。还是寄希望于明天吧，明天，我将会看到怎样的景致呢？

1. 作者叙述了初秋来临时人身体方面的特点，具体通过哪些描述来体现呢？试简要概括。

2．分析文中画线句子①、②作者分别想表达的意思。

3．中秋节是万家团圆的日子，作者却说，"我躲开一切热闹，独倚窗前，继续我的心之旅，继续追寻着我那个久远的梦"。试作简要分析。

4．文章结束时，作者的头痛症状减轻了，你能分析是什么原因吗？"还是寄希望于明天吧，明天，我还会看到什么样的景致呢？"谈谈你对这句话的理解。

参考答案：

1．头剧烈疼痛，百事无心，只想好好休息。

2．第一句，说明当代社会的人应酬太多了，吃饭喝酒，有害健康，倒不如请人参加户外活动，如爬山、游泳、打球等，这是新的生存观与幸福观；第二句，说明一种社会现状，很多想说的话不能说，很多想做的事不能做，很多不想说的话得说，很多不想做的得做，与朱自清先生曾经的感觉有相似之处，既然如此，那就保持沉默吧。

3．作者是一位有理想有抱负的人，在万家团圆的热闹与喜庆中，却自甘孤独，其实是于热闹中求得安静，认真思索人生与未来，有一种难能可贵的精神与境界。

4．通过几天的苦思冥想，作者似乎豁然开朗，头不痛了，纠结的问题也理出了头绪，虽然，眼前仍有诸多不明朗之处，却对前面正在走的路有了更多的希冀。

后山

　　春光总是在最合适的时候妩媚地给你很多诱惑，在万山葱绿的怀抱里耐心等待莺飞草长，如果置身于其间还不能领略到某种撩拨人思绪的诗意，那是不是愚钝了点或者说是淡漠了点呢？

　　三月天孩儿面说变就变。春天里很容易遭遇阴晦的天气，天低云淡，细雨绵绵，而我恰好最喜欢选择这样的天气出门，我不知道自己是怎样信步来到这久违的后山？

　　还是那片熟悉的旧林，郁郁青青的山，漫游的薄云从这峰飞过那峰。尚未见到有红花在点缀绿叶，是时令还早着吧？偶尔听到有鸟叫的声音，清脆却有些压抑。鸟儿的声音让我感到分外亲切。前些日子我曾经喂养过一只受伤的小鸟，但在我十分疼爱它照顾着它的时候，它却在某一天飞得不知去向了，难道说在这山中隐藏起来了吗？可爱的，你是不是我的旧识呢？倘若你知道我来到这里，可否愿意飞出来让我看看？

　　"又见炊烟生起，暮色照大地"，一句旧歌词跳了出来，我的眼前好像升腾起了一团火焰，一副画面渐渐浮现：记不清楚是什么时候了，也是一个暮霭沉沉的傍晚，与一友人去后山闲步，远远就有一股泥土夹杂着烟火的气味扑鼻而来。过一山坳之后，见一老者在四周铺满枯草的空坪子里盘腿而坐，他的面前堆放着一些干枯的柴草，正在熊熊燃烧，不时地发出"噼噼"和"吱吱"的声音来。①我有些愕然，于是停住脚步，怔怔地看着他，只见他身板挺直，表情肃穆，旁若无人，一动不动地看着那团火，深褐色眼眶内有些浑浊的镜片泛着跃动的红光……

　　那一刻不知道怎么回事，我心里莫名其妙生出一些说不清也道不明的感触来，人在朝前走，步子却挪不动了。就在这样一步三回头时，一不留神脚踏了个空，"哎哟"一声人掉下去一半，一双手本能地抓紧身边的一棵小树，同伴好不容易才把我拽了上来。好险啊！

　　身边流过一泓自上而下的清泉，潺潺有如音符般跳跃。我爱这后山的一切，心理上似乎还是一个不谙世事的孩童。正在感觉清爽宜人的时候，冷不防从什么角落里窜出一条肮脏丑陋的野狗来，一副毛发焦枯、饥饿凶狠的样子，一双发绿的眼死死盯着我们不停地叫。开始我有点害怕——记得小时候喜欢养蚕，常和同学去城郊采桑叶，有一次被狗狠狠地咬过两口，吓得放声大哭起来。以后一见狗就有"十年怕草绳"的畏惧感。可这回我很快镇定下来，毕竟经过了岁月的洗礼，不像以前那样胆怯和脆弱了——初中时的班主任曾经给我下过这样的评语：脆弱，好哭。回想一下似乎好多年都没有哭过了，我庆幸自己终于能够战胜自己。如果此时那条野狗要扑过来咬我，我也决计要和它拼个你死我活，何况也就只是条狗罢了，倘若是个恶人，我坚信现在也不会畏惧。

　　我不明白我最后怎么一直这样走回到了这片旧林？天气暗淡，暮云离合；足履泥泞，野犬汹汹；险象环生，前兆未卜。是苍天的安排吗？命运之舟就不能载我漂流到一个风平浪静的港湾？当然，可以对任何处境都满不在乎，这并非是自己麻木，只是应该清晰地认识到世路崎岖人必须经受得起精神的磨难。许多年以后的今天，我终于开始明白那凝神守着火堆的老者为什么会那样庄重？②也许他所有的沉思，所有的默然，所有的冷峻，都如同那日渐衰枯的小草一般，眼看春天已经就在眼前，却又无法勃发盎然生机，实在不甘心如此在瞬间的燃烧中化作缕缕青烟随风飘散啊！

后山此刻是静谧的，也是寂寞的，虽有些昏暗，却蕴涵着神秘的诗意。虽有同伴就在身边，仍然只我一个人幽灵般地落在雨后的砂石路上，四周仿佛有无数双眼睛在窥视着我的内心，甚至我听到一种低沉的声音在问我：你还继续往前走吗？也许还一条可以走进去的路，也许已经无法前行了。我对着这寂寂空山，回味这落地的声音，站在原地突然想起了但丁《地狱》的第一章。

我已经走出那片黑森林了吗？

1. 请从文中找出描写后山景色的句子。

2. 文中画线句子①、②表达了作者什么样的心理状态？试简要分析。

3. 文中写到，"从什么角落里窜出一条肮脏丑陋的野狗"，有什么特别的意义吗？

4. 文章结尾，有什么深刻含义？请用简洁的语言，写处你的理解。

参考答案：

1. 郁郁青青的山，漫游的薄云从这峰飞过那峰。尚未见到有红花在点缀绿叶，是时令还早着吧？偶尔听到有鸟叫的声音，清脆却有些压抑。

2. ①作者不理解"老者"此刻的心理，面对眼前的火，为什么会身板挺直，表情肃穆，旁若无人呢？

②是作者对问题①的解答。"老者"面对日渐衰枯的小草颇为伤感，感叹岁月流逝，其中也包含着作者青春易逝的伤感情绪。

3. "野狗"在文中象征着人生道路上意外遇上的困难与阻力，考验曾经脆弱的作者是否有战胜困难、逃离危险的勇气。

4. 作者正在探索人生之路，在前行的过程中，难免会遇上这样那样的困难，面对种种险情，是退缩逃遁，还是战胜困难、勇往直前？这里提及但丁《地狱》的第一章，暗示着终将走出具有象征意义的黑色森林，向着光明奔去。

黄山雨，黄山雾

镇江会议结束后，我们几个投缘的会友相约到黄山一游。到达山脚时正遇大雨，两天里只好郁闷地待在投宿的酒店，揣测天气会否有变化？我们中年纪稍长的那位老兄性子急一时没了耐心，保守地想说服我们打道回府算了。看着窗外屋檐水滴连成了线，我也有点动摇，又有几分不甘心，好不容易来此一趟难道就这样回去吗？大家你一言我一言，最后达成共识，决定不管天气怎么样都要上山。①况且黄山本地人也宽慰我们说，黄山的天气经常是山上和山下不一样，山下大雨也许山上出太阳，山下阳光灿烂也许山上正好大雨滂沱。

我们急急地上商店买好了雨披雨鞋等即刻出发。上山的途

11

径有两种，爬山或者坐缆车。我们三女四男，男的都比我们年纪大，偏偏几位先生豪气万丈地提议爬山，我们三个面面相觑，虽不是很情愿，却又不好意思说想坐缆车上，只好硬着头皮与他们一起登山。我自以为还是一个有意志的人，想趁此机会考验一下身体与意志，充满信心随着他们一步一个台阶往上登。

雨不断地下，披着雨衣也不管用，裤脚都被淋湿了，但一行人并不在乎，说说笑笑还很轻松。我们都希望真如黄山人说的那样，等我们到达山顶时太阳就出来了。我突然想起李建吾的《雨中登泰山》，作者认为雨天上山别有韵味，今天上山万一大雨不断，或许也是别样的感受吧？

爬到半山腰时，几个人都感到很疲倦，时不时停下来休息。雨却在这个时候渐渐小了，我们心里充满了光明就要来临的希望。这时，看到一个又一个的农人弯着身子挑着沉重的担子上山，每登一级石阶腿都在颤抖，他们每天都这样为山上的旅游商店和餐馆运送生活用品。都说山上的物品很贵，原来是这样由人工来输送，当然就很不容易了。看到雨水和汗水混在一起从他们脸上淌下来，我的心立刻收缩得有点紧，相形之下不免有些惭愧，接下来的步子似乎变得有劲多了。不过终归还是软了腿，走几步坐一回，走几步坐一回，大家的速度都放慢了。那位江西来的大哥知道我身体正有些不适，抓过我身上的小包往肩上一搭，虽然减了我的负担可我还是觉得腿不听使唤，膝盖骨一屈一伸都变成很机械的动作了。这样艰难的情形直到后来读到王跃文一篇描述爬黄山的文章，了解到他和何立伟等人当时也是苦不堪言，最让人忍俊不禁的是一碗平时不起眼的方便面在半山腰何其珍贵，我方知道爬黄山确实是需要勇气和毅力的。

膝盖还在机械性地继续屈伸，雨渐渐小了，眼前朦胧可见郁郁青青的山峰和树梢。②想起一位黄山司机的话："几棵松树几根草，害得游人满山跑。"对于黄山本地人来说，黄山也许确实太过寻常没什么看头，而对于旅游者来说，黄山却是不可错过的景观。当我们爬上一大半时，雨基本停了，前面的山峰飘浮着大团大团的白色云雾，形状千变万化，忽而像马，忽而类犬，忽而如泼墨山水画，忽而似飘散的一缕青烟……山峰和树梢也于其中"偶尔露峥嵘"。我们聚在一起，默默地观赏着这迷人的景色，欣欣然，情绪完全被调动起来，山谷里回荡着我们快乐的笑声和歌声，大家纷纷取出相机啪啪地做出姿态抢起镜头来。个人留影完成后，风雨同行的七个人相扶一起，请路过的游客给我们留了一张背景弥漫着山雾的珍贵合影。

经过一片松林时，阳光正从树的缝隙照射进来，山里的一切都渐渐明朗了，又听附近有潺潺的水声，所有的沉寂此刻都发生了变化。我当即改造了一句古诗朗声吟咏：阳光松间照，清泉石上流。

穿行在雾和阳光之中，我们在耗尽了所有的气力之后，终于到达了黄山之巅光明顶，在那一块硕大的青色秃石上，或站或坐了许多的人，阳光正炽烈地照耀着，每个人的脸上都洋溢着满足的笑意，一个接一个地靠在书有"光明顶"三个红色大字的石柱边拍照。陕西的何桑和山西的小妹都穿着红色衣服，我们仨紧挨在一起请江西的大哥为我们摄下这来之不易的镜头。经过了雨和雾的侵扰和考验，我们在黄山葱翠的背景中，在适时而来的阳光中，脸上的笑容应该是另外一种景色了。最后与那棵著名的"迎客松"拥抱在一起时，我们的黄山之旅算是打上了一个圆满的句号。

1．作者这次上黄山，最大的阻力是什么？如果是你，会是怎么样的打算？

2．文中画线的两个句子①与②你怎么理解？请用简单的语言谈谈你的看法。

3．找出文中描写黄山景色的句子，说说这些句子在文中的作用，并拟写一份朗诵提纲。

参考答案：

1．事不凑巧，这次作者与朋友们上黄山，遇上的麻烦与阻力就是连续下雨，在这样的情况下，很容易让人打退堂鼓，考验意志的时候到了。可根据自己的实际感觉谈谈。

2．①每个地方的气候特点不尽相同，黄山的山脚山顶不尽相同，一方面可能是实情，另一方面可能是黄山本地人对外地游客的善意建议，不希望他们好不容易来此一趟，结果没见着黄山又打道回府了。

②对于黄山本地人来说，黄山也许确实寻常没什么看头，而对于旅游者来说，黄山却是不可错过的景观。事实果真如此，当作者与朋友们爬得快到顶点时，雨竟然停了，大家看到了雾雨中黄山顶上最美的风景。说明世界上的事情，只要能够坚持下去，就能见到令人赏心悦目的风景。

3．前面的山峰飘浮着大团大团的白色云雾，形状千变万化，忽而像马，忽而类犬，忽而如泼墨山水画，忽而似飘散的一缕青烟⋯⋯山峰和树梢也于其中"偶尔露峥嵘"。我们几个聚在一起，默默地观赏着这迷人的景色，都有些欣欣然地亢奋了，情绪完全被调动了起来，山谷里回荡着我们快乐的笑声和歌声，大家纷纷取出相机相互啪啪地做出姿态抢起镜头来。

在佛罗伦萨寻找大卫

到罗马的第二天，早早醒了。推开窗户，晨光初露，看到那位年近六十的司机麦克正提着水桶和拖把，在里里外外打扫我们乘坐的大巴车。他的动作利索迅捷，像是在吟诵一首熟练的诗歌。我心里一动，忙取出手机拍下了眼前的瞬间。后来听导游赵亮说，这位来自匈牙利的麦克真不简单，家里养有七个儿女，请了四个保姆照料，仅靠他一个人的收入维持全家所有的开支。原来，国外的普通劳动者也这么强悍这么顾家啊。

八点半准时出发。这一程是去参观世界著名艺术中心——佛罗伦萨。临走时，我顺便带上一本巧玲正读着的《在浮世》，甫一坐定便迫不及待看起来。开篇写道："生命有很多不解之谜。古往今来，人们不停地追问着，我是谁？我从哪里来？我到哪里去，这是人类永恒的困惑，也是每个人无法逃避的终极问题。"当我正随着作者的发问在思考"我是谁？我从哪里来？我到哪里去？"时，侯团长起身面带微笑地说："昨天部分团友已经作了自我介绍，大家很快地从陌生到熟悉。那么，现在请还没有发言的继续昨天的话题吧！"团友们马上积极响应，他们说话的内容丰富多彩，说话的风格灵活多变。有的豪爽激扬，如高山大川；有的温婉娴静，如小桥流水。有的感怀眼前即兴抒怀，有的认真演练即将上台的演讲。不管什么职业，不管来自哪里，一个个神情自若，侃侃而谈，妙语连珠，直抵人心。我暗自感慨，不愧是中国梦赴欧演讲艺术团，吸纳了全国众多高手、八方人才啊！其中有两对相扶相携、相依相偎的夫妇同时出来说话，给我留下了极深的印象，一是来自广东顺德的朱新民、雷晓云夫妇，他俩为了刚刚闭幕的中国演讲艺术节，连续几个月操心费力、殚精竭虑，一个说伤了嗓子，一个走伤了腿；另一对山水画家脊力浦、漆一蓉夫妇，他俩是马航的幸运者——谁在冥冥中护佑着他们？本来定好了票却因故改签，躲过一场大劫。团里还有一位叫李翠珍的山水画家，也与他们同为马航的幸运者。

佛罗伦萨是意大利中部的一个城市，中国诗人徐志摩曾将之翻译为"翡冷翠"，他写过一首脍炙人口的诗歌《翡冷翠的一夜》，表现了客居异地的孤寂以及对恋人的思念。如今来到这里，一种亲切感油然而生。佛罗伦萨十五到十六世纪是欧洲最著名的艺术中心，也是欧洲文艺复兴时期的文化中心，最为辉煌的时候是文艺复兴时期，当时积聚在此的名人众多，有达·芬奇、但丁、伽利略、拉斐尔、米开朗基罗等，这些杰出的艺术家创造了大量闪耀着时代光芒的建筑、雕塑和绘画作品，从而铸就了佛罗伦萨文艺复兴的辉煌。

佛罗伦萨老城十分干净，纤尘不染，扑面而来的都是非凡的艺术作品，一件件精雕细琢，造型各异。从其线条到表情，你能体味到这里的艺术作品大气雄浑，像一座座高山，林林总总排列在一起，谓之艺术之城确实是名副其实。置身其间，中国梦演讲团每一个成员的内心都会激荡出层层涟漪，几位资深演讲家，时刻牢记此行的使命，站在市政厅宽敞的门前，面对春风满面的人们，迅速拉开团旗作即兴演讲。他们从佛罗伦萨的艺术作品谈到欧洲艺术，从欧洲艺术谈到中国艺术，从中国艺术谈到中国文化，从中国文化谈到中国的复兴大梦，可谓汪洋恣肆，意气飞扬，充分展现出当今中国人的神采与风貌。我发现身边的人渐渐多起来，也许外国友人并未听懂我们在说什么，但他们可以读懂我们的情绪，读懂我们的表情，读懂我们的友好。可惜我不能清晰地记下几位演讲家精彩绝伦的辞章，只有一张张被艺术浸染的脸依然留在我的记忆深处。在佛罗伦萨城内转悠，团友们被快乐所包围，三三两两地站在诸多雕塑面前，摆出各种POSE拍照留念，还有的精心拍摄视频，希冀带回家之后再细细品味。

从这一头走到那一头，几乎所有的雕塑我都细细地欣赏了，很多我叫不出名字来，明明也清楚在这样一流的艺术长廊中势必会有各自的一席之地，可见茫茫人海中若想被人记住并非易事，能够千古流芳的更是寥若晨星。走来走去，我在寻找一个响亮的名字，一个众人皆知的名字——大卫。在佛罗伦萨城中神一般的艺术雕像群中，你在哪里？难道是我错过了吗？

是我着急了一点，其实团队的组织者自有周到的安排。在佛罗伦萨城待了几个小时后，车将我们带至佛罗伦萨的"老桥"，在那里，中国梦演讲团被热情的外国朋友包围了，他们争先恐后在我们团旗上签下自己的名字，并主动要求与我们合影。这些感人的镜头被团里很多人留下了。从"老桥"出来，随后赶赴另一重要处所——著名的米开朗基罗广场。有人说过，阅读一个国家的文明只须阅读它的广场。跳下车的刹那，远远看到高高耸立的一座雕像，偌大的广场仅这一座雕像，哦，这不就是我们所熟悉的大卫吗？原来他就在这里！其实，这是大卫雕像的复制品，正品则收藏在佛罗伦萨美术学院。我愣愣地站着，站在青绿色的大卫全身雕像前，看他健美的身姿，看他精致的五官，看他卷曲的头发，看他欲说还休的表情，还有……所有的一切都那么尽善尽美！真正体现出了唯美主义的所有标准。大卫的雕塑是佛罗伦萨这座城市的地标，可惜大卫站得高高在上，只能仰视，无法企及，否则，或许可以来个中国式拥抱？

团友们齐聚在大卫像下，拉开那面绿色的条幅，上面书有"同一个世界，同一个梦想"，随着中国演讲协会常务副会长颜永平先生倒数到"七"时，全体绽放出满面笑容，留下了在佛罗伦萨的最后一张合影。

夕阳西斜，暮色四合。在离开米开朗基罗广场时，我买了一尊大卫的半身石膏像，沉沉的，小心翼翼放进包里，有一种说不清楚的满足感。大卫，女人心目中的男神，我今天算是找到你了！在遥远的欧洲，在你的家乡佛罗伦萨。

1. 本文围绕佛罗伦萨用了哪些材料？请简要概括。

2. 哪些文字体现出中国演讲艺术团在佛罗伦萨的即兴演讲？

3. 品读文中画线句子，并赏析其表达效果。

4. 文章结尾时，作者买了一尊大卫的半身石膏像，为什么说"沉沉的，小心翼翼放进包里"？试做简要分析。

参考答案：

1. ①徐志摩一首脍炙人口的诗歌《翡冷翠的一夜》；

②是欧洲文艺复兴时期的文化中心，有达·芬奇、但丁、伽利略、拉斐尔、米开朗基罗等，这些杰出的艺术家创造了大量闪耀着时代光芒

的建筑、雕塑和绘画作品，从而铸就了佛罗伦萨文艺复兴的辉煌；

③米开朗基罗广场的大卫雕像。

2．他们从佛罗伦萨的艺术作品谈到欧洲艺术，从欧洲艺术谈到中国艺术，从中国艺术谈到中国文化，从中国文化谈到中国的复兴大梦，可谓汪洋恣肆，意气飞扬，充分展现出当今中国人的神采与风貌。

3．这段文字用了连续四个排比句，极力表现出作者对大卫雕像精致完美的赞叹以及对艺术的膜拜。

4．本文题目与佛罗伦萨与大卫有关，全文围绕的核心就是大卫，这里体现了构思的精巧。开篇并未提及大卫，但随着文章情节的一步步推进，从文化名城佛罗伦萨到米开朗基罗广场，从米开朗基罗广场到大卫雕像。作者最后买到一尊大卫的半身雕像，"沉沉的，小心翼翼放进包里"，表现作者非常珍惜代表佛罗伦萨地标建筑的艺术品，这是一种尊重艺术的态度。

夜幕微微颤动

夜幕在毫无觉察之中慢慢拉开，微微颤动着。空中有游荡的风路过，谁知道那风是什么颜色什么形状呢？

我不知道到底从什么时候开始，喜欢黄昏与黑夜接壤时，一个人在风中或者雨中漫步。①我眼睛的余光感觉得到，路人们常常用奇怪的眼神看着我，我则用更加奇怪的眼神看着他们——难道我们怀揣的都是同一种心思吗？大凡你们以为我很孤独？以为我有沉沉心事？不是吗？从你们疑惑的目光中我能读得出所有的含义来，只不过我以为你们太过好奇，以为是在欣赏一只夜雁突然迷失方向偶然生出的诧异感吧？

都说人生如梦，人生真的如梦吗？几十年说起来不长也不短，一路朝前走过去，我们会看到许多风景，也会在风景里流连与感伤，真有什么会让你想不开也放不下吗？

今天的这个夜晚很清爽，在有点微微凉意的风中，②我怎么忽然有种奇怪的感觉，刹那间好像已变成一个白发苍苍的老人了，不觉莫名地悲哀起来，似乎自己还从未真正年轻过。倘若真年轻的话，我应该记得我自己究竟留住了哪些美妙的风景，譬如一弯月、一方水、一簇花、一片叶，还有一张张亲切的笑脸、一个个离奇的梦境……

我仍然在一条小径上慢慢行走，淡淡的月悄然在小树林里徘徊，从树的缝隙里漏出点点滴滴光亮来。我还在延续开始的奇怪感觉，想象自己多年后会变成一个老妪，拄着根拐杖，蹒跚着一步一步艰难地前行。偶尔停下脚步，眯缝双眼，冷冷打量着这个缤纷的世界，那般淡定与从容，再也不会受到什么诱惑了，再也不会为一些事物而动心了，回首往事，如同细数檐前的雨滴和天上的星星。

哦，冬至已到，寒意渐浓，我用双手捂住胸口，似乎想挡住一缕寒风，任一片叶子悠悠然地掉到脸上。

夜的黑幕沉重地将落未落，我好像听到林子里响起一声叹息，风带着哀婉的歌声走了，逃也似的，匆忙仓皇，天上的星星，稀疏地散开着，我找来找去，也没找到曾经熟悉的那一颗，尽管每一颗星星都在蛊惑着眼睛。

很多人或许都容易在夜里迷失自己，我却喜欢一个人独享这夜的宁静，没有任何人来干扰，也不需要缺乏真诚的安慰，似乎刚从"囚城"里走脱，任自己的心绪无拘无束地漫游。虽然有点冷寂寥落，但最大的好处是可以净化心灵，在寒风的冷冽中，思维是异常清晰，一点点排遣心事，缝合伤口，泛滥好梦……

风在继续，月悬高空。夜幕仍然在风中颤动。这样的暗夜总有破晓的时候吧？我已经看到夜空中有不甚分明的亮光，尽管我喜欢在有月的夜晚独吟，吟一些像诗又不像诗的东西，吟过之后，所有的心事都化掉了，化在古人的诗句里，化在他们的忧伤中。我相信，明天太阳升起的时候，我的心一定会有一种走出荆棘后的喜悦。

1. 文中画线①、②的句子，当作怎样的理解？试简要分析？

2. 结合语境，说说"偶尔停下脚步，这个缤纷的世界"一句中加点的词在表达上有怎样的意思与作用？

3. 文中两次写到想象自己已变成一个白发苍苍的老妪，作者想表达怎样的意思？

4. 作者在全文哪个地方直抒胸臆？请找出来，并说说你的看法。

参考答案：

1. ①这是一种细微的心理描写，作者对事物有点敏感，通过对路人的一种揣测，定位了自身在某一特定时刻的孤独感。

②这种特异性的感觉实则表现出作者对青春即将逝去的伤怀与感触，客观的叙述也是准确的，人总有老去的时候，激励自己与读者清晰地认识到人生苦短，务必要珍惜生命的美好瞬间。

2．作者是一个喜欢安静的人，以其冷静的性格，在当前社会的热闹与喧嚣中，一方面感受到了极度的不适，另一方面希望用一双慧眼洞穿世事的真相。

3．①感叹时光荏苒，青春易逝，要以积极的人生态度珍惜青春；

②以发展的眼光，从现在看到了未来的自己，有一定的艺术想象力、表现力与感染力；

③委婉地写出了自己内心的悲哀与安然。

4．倒数第二段。用自己的话谈谈对时间、对青春、对未来的理解与态度都可以。

子夜独语

夜开始渐渐沉下去，沉成一片寂寞的海。推开窗户，我的目光跳进这墨色的深海，希冀心能够幻化成一只有力的桨，但如何总是划不动这凝重的夜呢？子夜以后整个世界都已经安详地睡了，我也躺在床上想进入一个我愿意遭遇和沉醉的梦境中去，但悠远的海浪拍岸而来，惊扰得我心里惶惶然不能安睡。原以为失眠不过就是那么一两个晚上偶然的事情，孰料自从那一日之后竟然如同多米骨效应一样连续几天没有睡好了。从根本上来说我绝对不是一个真正意义上的悲观主义者，我只是骨子里生就了一种悲天悯人的东西，或许是秉性吧？而人的秉性有些是与生俱来的，后天很难彻底改变。

晚上我既不能喝茶也不能喝咖啡，更不能遇上什么或喜或悲的事来刺激我敏感的神经。很多时候我喜欢安静，环境的安宁和心的安宁。①很有点朱自清先生那种"我喜欢群聚，也喜欢独处"的境界，朋友也评价我基本上属于"静如处子，动若脱兔"的人，但我大体上还是喜欢安静。也许没有谁在这寂寞的夜里会想起你来，那就只有你自己去品尝和体味这种孤独了。

今晚很糟糕，又是一夜无眠，学着滑稽可爱的豆子先生数白羊和黑羊，结果晕乎乎地白的变成黑的，黑的变成白的，连我自己都哑然失笑。实在无奈，放一段音乐听听吧。一次在朋友家听过她推荐的一首甘萍演唱的《潮湿的心》，感觉词和曲配得十分吻合，很快吸引了我这个还算是有点音乐天赋的人。

我并不认为这歌的情感基调与我有什么直接联系，或许有点？或许全无？我从来没有细心而认真地听过这首歌，我以为这只不过是人类情感中一时的情绪罢了，又怎么能和贝多芬的《命运交响曲》那样大师级的雄伟篇章媲美呢？我一直很喜欢欣赏那种大气悲怆慷慨沉郁的音乐，或许我天生就有一种英雄情结？贝多芬的交响曲中所表达的痛苦是一种古典的痛苦，在他那里痛苦、挣扎和激动是水乳交融的，他创造了一个英雄时代的音乐，蕴含的痛苦是一种深沉的剧痛。而类似《潮湿的心》这般的歌曲只是描述了人在特定境遇里某些细微的不快情绪而已，仅仅只是人感情长河中的一朵小小浪花。听着这样颇有些伤感无奈的倾诉，你也许更容易被感染，其表达的情感很直接，因而更容易进入你的心灵从而引起你强烈的情感共鸣。

听歌的我只是一个鉴赏者，如果鉴赏者的情感倾向与作品的情感倾向一致，极易产生同向感应，这就是所谓的情感共鸣，这种情感共鸣是艺术鉴赏中常见的一种心理现象，其本质是鉴赏者与创作者情感上的同一性，是心理结构的同形，是情感力量的共振。在这样寂寞的深夜，我已经别无选择，任由甘萍小姐在我的房间里展露她的那颗脆弱而憔悴的心。②我多想用我的柔情将这颗心轻轻掬起，给一份最温馨的抚慰。而就在这样一种心境下，突然觉得我自己的郁闷和忧伤竟然得到了一种释放，这难道不是一种奇怪的现象吗？

也许这种现象可以算得上是修炼人的一种气韵吧？这里说的气韵应该与中国悠久的历史文化很有关系。中国传统意义上的读书人其实都是集儒、道、释三家文化通融一体的。儒家的"修身齐家治国平天下"和"达则兼济天下，穷则独善其身"的教义在知识分子中普遍影响最深，一般说来，年轻的时候很愿意接受儒家学说，以天下为己任，自古以来知识分子总是以国家的忧患和民众的生计为己任，故而就有了范仲淹的"先天下之忧而忧，后天下之乐而乐"的千古名言。君子忧道不忧贫，勤勤恳恳，任劳任怨，不能不让人肃然起敬。然大抵情况是，当你人生的路越往后走，就越容易接受道家无为而无不为的教义，更愿意选择心灵自由和人格独立，凡事悠然从容，物我两忘。我比较欣赏的一种态度是：以入世的态度行事，以出世的态度去为人。

清代大玩家李渔的一篇小品文《随时即景就事行乐之法》，细细品味一番竟觉意趣无穷，里面有这样几句："行乐之事多端，未可执一而论。如睡有睡之乐，行有行之乐，坐有坐之乐，立有立之乐，饮食有饮食之乐，处之得宜，亦各有所乐。"在今天这样一个竞争激烈、危机四伏、精神失血、不堪重负的时代，又有几人能够做到像渔翁那样旷达和超脱呢？也许在相当一部分人看来，世上什么都不缺，唯独就缺快乐。这年头没有几个人活得轻松愉快，活得潇洒容易。当然，男女稍有区别：男人看重的是事业，女人却更看重情感。快乐的心境需要自己用心营造悉心感悟，正像有人说的那样，有快乐的心境，地狱也是天堂；没快乐的心境，天堂也是地狱。

当我在半睡半醒、思维混乱的状态下敲下这几行字时，东方既白，人已迷糊。经过这番夜思之后，自有一种惬怀的感觉，许多的模糊此刻已明澈了多半，按说此番躺下去之后，心或许能够在一片绿洲中安歇了。不知道自己这一晚是不是在想象中做了一个庄公的梦？梦中是否真成了一只栩栩然的蝴蝶？在迷惑不已的时候，倏忽地又觉得自己十分清醒，开始怀疑自己过去的一切很可能就是某一只蝴蝶所做的某一个梦而已了。

1. "子夜独语"是一种怎样的心理状况？试以你的理解用简洁的语言予以解读。

2. 文中画线句子①、②表达了作者什么样的心理状态？试简要分析。

3. 作者引用清代李渔的几句话，是想说明什么呢？你认可这样的见解吗？

4. 本文结尾处，你是怎么理解的？请简要概述。

参考答案：

1. "子夜以后整个世界都已安详地睡了，我想进入一个我愿意遭遇和沉醉的梦境中去，恍若悠远的海浪拍岸而来，惊扰得我心里惶惶然不能安睡。"看得出，作者失眠了，失眠的理由文中并未明说，但从作者的叙述中可以看出，显然不是单方面的原因，虽然强调说自己是喜欢安静的人，但恰好在安静的子夜思绪联翩，信马由缰，用一句简单的话来说是想多了，也即思考多了，在当下这个喧嚣热闹的世界，这样的情形大有人在。

2. ①表明作者具有双重性格与心理需求，既喜欢与众人相处的热闹，又喜欢独处时的孤寂清净；既是一个活泼的人，又是一个安静的人。确实与朱自清先生有颇多相似之处。

②甘萍的歌令人感到有几分酸楚，作者听着有些心痛，本就怀一腔愁绪，却在这歌声中生出共鸣与恻隐之心，一方面说明作者是一个善良善感的人，另一方面说明艺术的移情作用。

3. 李渔关于快乐的观点可以理解与认同，世界万事万物，都可以从快乐这一角度理解，每一事，每一物，每一人，每一遇，如睡眠、行走、饮食等，只要相处得到，安排适宜，皆可让人感到快乐。这是一种乐观的态度，值得学习与借鉴。

4. 文章结尾处用了庄周梦蝶的故事，说明自己在子夜时分的思考很有价值与意义，颇具哲学意味，至少厘清了平日很多含混不清的问题，"自有一种惬怀的感觉，许多的模糊此刻已明澈了多半"，感觉作者此刻情绪怡然，内心充实。

我在前方等你

　　时光匆匆，季节一不留神又淌进春天的河流。四月的清晨，是一年中最美好的时刻，晨曦在薄雾里翻卷着想冒出头来，酣梦中的鸟儿被这轻微的声音惊醒了，睁开迷迷糊糊的眼睛，好有几分不情愿似的。尚未等到完全清醒，突兀地对着身边的同伴叫上一两声，清脆而亲昵。在鸟儿的晨曲中，仅仅一会儿工夫，云层已被冉冉升起的太阳冲破，天，很快就大亮了。

清朗温润的四月，天地间，一阵风，一缕香，一抹阳光，万物被激活了，花气袭人，所有的一切，蘸满了水汽，充满了灵气，沐浴着晨光，就像朱自清先生笔下那样，生动静好，撩拨人心。早起的人们，尽情享受着这恬静诗意的春光，用心品味着这份美好，真乃"到日仙尘俱寂寂，坐来云我共悠悠"，又应了汤显祖《牡丹亭》里描写春天的句子，"良辰美景奈何天，赏心乐事谁家院"。

我生活的大院，新雨过后愈发清新，深红色与浅灰色相间的几栋楼房高耸入云，楼房之间的樟树、梧桐树、棕榈树挺立着身姿直指蓝天，其间有一种大树，枝头开满了粉红色的花，鸟儿在花中飞来飞去撒欢，朝气蓬勃地灿烂着四月的清晨，到底是什么花呢？可惜我叫不出它的名字来。

窗外的几棵玉兰树，阳光下葱翠欲滴，颜色深浅有致，深色是去岁留下的，浅色是今年的新绿，只是眼下还未见花开，我想等到开花时，会是白色和浅红色的吧？春天总会要开花的，我们须耐心等待。到了秋天，开过花的树会结出一个个玉兰果来。

记得上年我去灰汤参加一次文学采风活动，与同行的浏阳女作家晓玲相携漫步于两旁都是玉兰树的林荫道上，两个人漫无边际地说着话说着话，晓玲突然惊喜地抬起头说，"哇，好大的玉兰果啊！"我抬头一看，果然是！一个又一个，害羞似地掩藏于树叶之中。玉兰果呈青绿色，表皮不甚光滑，鲜嫩铮亮，有点点像菠萝。晓玲掏出手机啪啦啪啦一路拍过去，我也兴冲冲地跟着她拍了好几张，这大自然中的尤物，可不要轻易错过了呢！

回到居所，晓玲马上发微信，她渴望及时与微友们分享这邂逅的春光与快乐。我见状也很想发，虽然早就开好了一个微信号，却从未玩过。我要晓玲告诉我怎么发，只是我用的是"苹果"，她用的是"三星"，照她的套路发了好几次，就是发不出照片来，晓玲试了几次也未成功，真是急坏了我们两个，折腾了好半天也没弄成，开会的时间又到了，只好作罢。

活动结束我回家之后，一个人坐下来慢慢琢磨，反复鼓捣，笨笨的，嗨，总算成功地把"玉兰果"发到我的朋友圈了。这是我第一次发微信，晓玲立刻跳出来表示祝贺，我众多的微友看我第一次亮相，纷纷出来捧场，一个个都那么热情，把我感动得一塌糊涂，那些日子里，竟然一发不可收拾地连发了好多条微信，从中感受到了朋友们浓浓的情谊。

未曾想，梦还在今日的春天里徘徊，心思却已飞越到了秋天——收获的季节。春天给我们以无限的遐想，可谓思接千载，精骛八级。眼前的春啊，洋溢着热情，散发出朝气，人间的四月天，滋润着每一个生命，滋养着纯净的心灵，清新的景物，昭示着美好的未来。未来是朦胧的，也是抽象的；未来是美好的，也是艰难的。未来需要憧憬，需要想象，需要浇灌。从昨天走过来的我们，也许有过失落，有过忧伤，有过人世间无以言表的伤痛，但毕竟已成为过去，烟云般悄然散开。

站在骀荡的春风里，轻轻拂去尘埃，放怀一曲春天的歌谣，微笑着对自己说一声：你是好样的，梦很远，路很长，相信你春天种下的心愿，秋天一定会收获金灿灿的果实。此岸到彼岸，我会在前方等着你!

1. 作者叙述了人间四月天的特点，具体通过哪些描述来体现呢? 试作简要概括。

2. 文中关于"玉兰果"的描述，分几个层次来写的? 你觉得有什么特别的意义吗?

3. 从修辞手法的角度赏析画线句子的表达效果。

4. 文章末尾说"我在前方等着你"，谈谈你对这句话的理解。

参考答案:

1. 四月清晨的美好，鸟儿惊醒后的叫声，太阳冲破云层; 天地间，一阵风，一缕香，一抹阳光，万物被激活了，花气袭人，所有的一切，蘸满了水汽，充满了灵气，沐浴着晨光，生动静好，撩拨人心; 新雨过后愈发清新，深红色与浅灰色相间的几栋楼房高耸入云，楼房之间的樟树、梧桐树、棕榈树挺立着身姿直指蓝天，其间有一种大树，枝头开满了粉红色的花。

2. 林荫道上的玉兰果，一个又一个，掩藏于树叶之中，青绿色的，表皮不光滑，鲜嫩铮亮，有点点像菠萝; 给玉兰果拍照; 将玉兰果的照片发到朋友圈。说明绚烂温暖的四月天，滋润着每一个生命，滋养着纯净的心灵，这些清新的景物，昭示着美好的未来。玉兰果也许象征着美好与收获。

3. 用了拟人的手法，梦在春天里"徘徊"、心思"飞越"到了秋天，等等，生动形象地写出了对未来秋天的向往与憧憬。

4. 时光飞逝，岁月如梭，一年中的四季变化是轮回的，无数美好

29

的瞬间值得珍藏。作者在这里似乎是对自己说话，希望不负春光，努力奋进，等到秋天，一定会有更多的收获。这句话也可以理解为作者是对朋友们说的，希望大家通过自身的努力，抵达美好的远方。

哦，淑女

我们读过很多经典的古典文学作品，不少知书达理、多才多艺的古代女子给我们留下了深刻的印象。是谓"淑女"。淑女是封建时代好女人的标准，她们笑不露齿、中规中矩、形貌出色，才情出众。早在《诗经》里就有了"关关雎鸠，在河之洲；窈窕淑女，君子好逑"的美妙书写。

然而，此一时，彼一时，时代不同了，在当下，你还能在哪里看得见这般的淑女呢？也许有吧，只是堪称凤毛麟角了。要么淑女的说法已经过时，要么淑女的标准已经改变。在美女如云的今天，美眉们长发披肩，蛾眉粉面，牛仔裤绷紧的屁股一扭一扭，一双长腿在寒风中裸露着，男男女女三人一群五人一伙你拉我扯勾肩搭背，口里还叽叽喳喳说个不停嘻嘻哈哈笑个不休。

观念陈腐的老朽们哪里看得惯啊，他们只顾乜斜着眼瞅瞅还要唉声叹气、连连摇头，唉，唉，唉！这世道啊！九斤老太的话跟着来了："真是一代不如一代了哦！"他们眼里留恋着的还是传统意义上的淑女。

古书里的淑女总是精通琴棋书画的，在我们的感觉里，旧时那些大户人家的女子，哪怕是丫鬟，近朱者赤，耳濡目染，一个个能诗会画，多属"郑家诗婢"，是万万不可小觑的。《红楼梦》里有抱琴、司棋、侍书、入画等，一个个芳名翰墨雅致，好不玲珑剔透！读者不免悠然神往于"宝鼎茶闲烟尚绿，幽窗棋罢指犹凉"的境界。

淑女们在落日夕阳或扶疏花影下手谈一局的兴致，现代女孩子大多是提不起来——在琴、棋、书、画中，"棋"即围棋，如今恐怕是普及率最底的了。稍有一点基础的不过仅仅知道"金角银边草肚皮"罢了，又有几人能洞晓"世事弈如棋，纹枰话人生"这游戏和人生二重主题的相通内涵呢？

中国最伟大的小说《红楼梦》里金陵十二钗均为极致的经典淑女，而十二个美丽绝伦、多才多艺的女子又各有性格和特点，其中林妹妹与宝姐姐二人的对比最为鲜明。一个纤瘦多病，如弱风扶柳，一个健康饱满，如丽日红云；一个说话尖酸刻薄，常不留情面，一个世故圆滑，善迎合众人；一个率性真实，我行我素，一个颇有心计，意上青云。如此种种，不一而足。

说起来也很有趣，直到今天，仍不断有人在讨论找媳妇是找林妹妹好还是找宝姐姐好？按今人的价值取向，大凡均偏向于宝姐姐。试问有谁愿意找那么一个病恹恹、爱使小性子、不会世故不会圆滑不会迎合不会弄巧不会遮掩、一句话不对就会得罪人的小姑奶奶做老婆呢？尽管林妹妹也在淑女之列呢。

淑女好比罐装老酒，醇厚清香却不新鲜；淑女好比线装古书，典雅耐看却过陈旧。如今虽然没有绝对的淑女标准了，但好女孩子还是大受欢迎的。当然坏女孩也自有男人喜欢，就像坏男人也有女人喜欢一样，萝卜白菜，各有所爱。倘若知书达理、又有才情的女孩子在言行举止方面把握好一定的度，所谓"动若脱兔，静如处子"，也许怎么样也会让人看着赏心悦目的。在这个与世界潮流接轨、先锋时尚的新世纪里，谁还愿意抱着有如过时的陶瓷罐和线装书的淑女不放呢？

1. 封建时代的"淑女"有哪些特点？请找出来品一品。并说说自己的观点。

2. 文中画线的句子表达了作者怎样的感慨，请加以赏析。

3. 作者关于《红楼梦》中林黛玉与薛宝钗的对比，你认可吗？试说说理由。

4. 说说你对以下加点词的理解。

倘若知书达理、又有才情的女孩子在言行举止方面把握好一定的度，所谓"动若脱兔，静如处子"，也许怎么样也会让人看着赏心悦目的。

参考答案：

1. 淑女是封建时代好女人的标准，她们笑不露齿、中规中矩、形貌出色，才情出众，精通琴棋书画。（有自己的观点即可）

2. 时代变化了，过去标准的"淑女"已经不复存在，或者"淑女"的标准变了。作者对旧时"淑女"既有几分认可，也有几分批判性。

3. 从文中来看，作者对两位古代淑女有褒贬之分，感觉更喜欢林黛玉的率真任性，不太喜欢薛宝钗的世故圆滑。（可以谈自己的看法，包括不同意见）

4. 本意是指军队未行动时就像未出嫁的女子那样沉静，一行动就像逃脱的兔子那样敏捷。也可以用来形容女孩子沉静与活泼的两种状态。